U0534110

你好请问几点打烊

姚瑶 —— 作品

@重口味女青年 +@爱烟

人民文学出版社

Preface

■ 当爱情与名利、美貌与享乐同时呈现于桌面,你会先挑哪个?

欲望复杂,人心莫测。

序

人生这一盘棋,哪有什么输家和赢家?

我们不过都在局中艰难前行。

目录

The first stranger　　第一个陌生人　　/001

爱做梦的文艺女青年

欲望与爱就像一场高烧。但是,烧是会退的。

一个途经过无数灯红酒绿的姑娘,目的是寻找她认可的那种真爱。她遇见了很多人,终于在最后走投无路的时候被人拾起。

The second stranger　　第二个陌生人　　/049

整容脸也有春天

以什么方式得到,也终将以什么方式失去。

丑像宿命,如影随形。刘怡雯从小丑到大,后来从农村来到大城市,她什么都不想要,只想不计代价换一副外壳。

contents

The third stranger　　　第三个陌生人　　　　　　　　　/ 101

每颗星球都有一个死宅

如果一切有所预见，就不能叫作意外了。

最无法开口的事情就是，我们看见了却不能说，他们什么都没有看见却以为一切理所应当。

The fourth stranger　　　第四个陌生人　　　　　　　　/ 151

白手起家做大号

当一个人衰到一定程度，反而就难过不起来了。

如果你总是待在一个洞里，是感受不到光的，但是感受到了，也可能会被光灼伤。赛男腾空飞起来，也狠狠摔落过，最后去了另一个定点。

好久不见?
还是……
后会无期?

― The first stranger ―

爱做梦的文艺女青年

我叫柯涵，女，今年二十八岁，自由职业。

我更喜欢叫自己梦想家。可能你会说，什么狗屁梦想家，就知道谈些不切实际的梦想，用别人学习的时间去胡闹，简直蠢得不知悔改。

我却觉着，如果人失去了做梦的能力，活着跟死了没什么区别。日复一日地循环着单调又麻木的生活，过得像一杯白开水，这让许多人感觉安全，却让我乏味到想摔杯子。

只活一辈子啊，为什么不做点特别的事儿呢？

我的梦都是有颜色的。

初相遇是粉色，每一次动心都像情窦初开，全情投入。在那个时候，我是少女，只需要一个吻就能破涕为笑。热恋期是红色，炙热灼烧如同火焰般的存在，恨不得在彼此手里粉身碎骨。在那个时候，我是荡妇，只求你中有我，我中有你。而分手之后，这个梦又会变成深蓝色，带着凉意的诀别，叫人清醒。那个时候，我又回归到一个女子的原始状态，感性、易碎、透明，像一块冰。

如果要为我的梦下个定义，那就是春梦吧。

我爱浪漫，爱那些令人窒息的热吻，爱那些如饥似渴的抚摸，只求一夜又一夜的抵死缠绵，宁愿在爱人的手中死去活来。能好好活着的日子短，肉体鲜活的日子更短，不来一杯荡气回肠的酒，怎么对得起自己？

也不是没假设过结婚生子，过那种柴米油盐平平淡淡的日子，每天循着同一条道回家，睡几十年如一日的枕边人——想到这我就想不下去了，这种生活太可怕了。

做梦的人不需要过正常人的生活，我不工作，不社交，不结婚，当然也不打算要孩子。我唯一的嗜好就是不断地恋爱，喜欢这个，再喜欢那个。

也有人问过我什么时候才能停下来。

我的答案只有四个字：遇到真爱。

我需要爱情，就像植物需要阳光雨露。不然呢？需要亲情吗？

不，亲情这种东西我不熟，我的家是冷的。

很小的时候，那个男人就离开我和妈妈去过自己的日子了。他走了太久太久，乃至于他留给我的记忆，只剩下被他胡楂刮过脸庞的感觉和他离开的背影。

我家曾经有个习惯，每个周三都会出去吃饭。妈妈说是为了奖励我们前两天工作学习的辛苦，同时也迎接即将到来的周末，总之就是要大吃一顿。像过小年一样，一到周一我就盼着周三。

因为他要收拾行李，那个周三我们没有出去吃饭。他的箱子很小，但好像带走了所有东西，连空调都无心制冷，闷热的空气里只有一个抽泣的妈妈和不知所措的我。

当时个子小小的我站在屋内，勉强透过夕阳刺眼的光线捕捉他的身影，踩着他模糊的影子，试图追上他的步伐，却被反手关上的大门挡在了房里。在他离开后很长一段时间里，我像一只被遗弃的小狗，每天蹲坐在院子里等他回来，我以为他还会像平时一样，悄悄从门口探出头来，一把将我抱进怀里用胡楂肆虐我的脸。

也记不清那时候，坐在厅里与夕阳融为一体的妈妈，她的脸上挂着什么样的表情。是的，她也在等，但他再也没有回来过。

直到现在——我觉得我已经忘了那个人的存在，妈妈应该也忘了。虽然后来她脸上的笑容就进入了冬眠状态，法令纹像她心头的伤疤一样，在脸上刻下再也无法平复的痕迹。

不过他给我们留下的动产和不动产，足够我们好吃懒做地过一辈子。反正也没有后顾之忧的妈妈将我的生活起居交给保姆，每天睡到中午，梳洗打扮后，便直接赶赴牌局，回到家时我早已睡去。我们不怎么见面，但我理解她，生活是需要依托的，要不就是一个家庭，要不就是一个牌局。与其回家独自守着空荡荡的屋子，不如出去热热闹闹地搓会儿麻将，人要活下去，就得学会为自己找乐子。

是啊，长大了，我也得为自己找点乐子。

小的时候，他给我讲过许多童话故事，他目的性很强，从来不白讲，讲一个故事就要加上一个道理，承蒙他的教导，我比其他同龄人都要早熟。而他给我上的最后一课是，这世上没有谁离了谁是活不了的。这个家庭的确散了，但我们过得并不糟。他有他的新事业，妈妈有她的麻将事业，我也有我的捕猎事业，各自精彩。

白天我就窝在房里昏天暗地地睡觉，夜里就戴上美瞳出门捕猎。昼伏夜出，活得像一只猫头鹰。我的猎物是男人，他们是我爱情的载体。就像寿司上的刺身一样，必须有他们的存在，这一口才好滋味。

爱情也不是无缘无故发生的，色相当头，而我恰好是美的，一切就变得很简单了。有时候我也觉得自己像个母蜘蛛，结着罗网看似不动声色，实际上吞噬着一个又一个。

"啪"迎面而来的姑娘一个耳光甩在我脸上，疼极了，还弄乱了我的头发。但那又怎样，她的前男友，也就是我的现男友，一把把她推开，愤怒的他用力太猛，她一个趔趄跪倒在地，哭了起来。我递了一包纸巾给她，眼神怜悯。真想告诉她男人这种东西，有什么好值得珍惜的？玩完了就该甩了，你以为他是你的真爱吗？还不是被我钩钩手指就忘乎所以了。

男人轻轻摸着我的脸说："你是我见过最完美的女人，那么漂亮心地还很善良。我们走吧，不要理这个疯女人。"他搂着我的身体，我也靠在他的肩头，一副娇羞的样子。但只有我知道，过了今晚，我再也不会见他了。

我喜欢在酒吧里请所有人喝酒，让在场的每一个人都看到我，我也看他们。只需要一个照面，我就能判断他们之中是否有人能成为我的猎物。

到后来你会发现，男人有许多种，年轻的、老的、帅的、闷骚的、豪放的……而你永远只喜欢一种——新的。

鲜肉有鲜肉的好，精力充沛的肉体，用不完的活力，我喜欢和他们在一起，嘻嘻哈哈，打打闹闹。只要他们别说那么多幼稚的话，我还是很喜欢和这些鲜活的肉体不依不饶，从天黑缠绵到天亮的。任由我们星星点点的汗水洒满对方身体，一切都美不胜收。

大叔有大叔的妙，每个站在岁月分水岭上的大叔都有一颗不服老的心。为了证明尚未老去，他们反而会爆发出更勇猛的姿态。至于他们事后有多疲累，需要休息几天，那就不是我该操心的了。从不和大叔过夜，是我的原则之一。毕竟家里还有人在等着他们回去，片刻欢愉已经足够。在不同的车厢里，大叔们在我怀里激动得颤抖。

但我知道，这些唾手可得的爱慕，根本就不是真爱。我想要的，他们都给不了我。在我找到那个人之前，捕猎这项事业还得继续下去。

除了和男人们过招，我还有一个爱好。

对音乐和文字的迷恋，像游走在我血液里与生俱来的基因，只要一把吉他，我就能唱出最浪漫的篇章。在我的舞台里，一点都不缺观众。只要固定好手机，打开直播平台，就有数以万计的人在网络的另一头翘首以待。我很瘦，长发及腰，抱着吉他浅吟轻唱。用粉丝的话来说就是仙女驾临。有些事真的是需要天赋的，而我的天赋大概就是把我所喜欢的音乐和文字结合到一起。

"爱上了你 / 就像爱上了一朵云 / 你是如此的 / 无影无踪 / 捉摸不定

"想起了你 / 我的心里就下起了雨 / 我是这样的 / 只想与你 / 缠绵嬉戏"

一生多情，次次真心。这是我在网上的个性签名。没错，无论对手是谁，我总有片刻投入的瞬间，而这短暂的心动，就能让我写出许多情话，再配上简单的伴奏，就是一首完整的歌。

与其他卖弄性感的女主播不同的是，我的文艺气息和甜美的嗓音，让屏幕外的粉丝们几近疯狂。有疯狂给我送礼物的，有定时定点守着我的，有山长水远来求见面的，也有自发为我建立粉丝群的……

只要开始直播，我就会立即被这些爱慕所包围。像坐在五彩气球里的小公主一样，丰盛而温暖。每周我都会固定一天进行直播，是的，周三。曾经的家庭日，如今是我的直播日。这一天在我心里，像被涂抹了一层特殊的颜色，褪不去。

我也想过有没有可能，那个男人有一天也会在直播里看到我。啊，他应该都认不出我了。随着网上知名度的提升，不少的电视台的综艺节目也发来录制的邀约。我从来都是拒绝的，让我成为一个网络的符号就好。一个虚拟的存在，不必走到普罗大众的眼前。

粉丝迷上了我，我也迷上了这种被簇拥的感觉。每个周三都是我的天下，看着一条条接踵而至的评论和礼物，我被巨大的存在感填满。为了他们，我更不能停止捕猎。不缺钱，但缺灵感。也不是不羡慕其他的女主播只需要化个妆露出胸美美地坐在镜头前说点有的没的，创作的难度大多了。

如果是为了捕猎而捕猎，可以单纯地享受得手的快感，即使落空也不会沮丧。

一旦局势改变成了创作而捕猎,就不允许自己空手而归了。

男人于我,像走马观花,跌跌撞撞,来了又去,凡夫俗子们留得住我的身也留不住我的心。不断地经历分分合合,实在乏味了石头森林里的狩猎场,我也会偶尔只身千里之外去寻找灵感,在路上发生一段不问前程的露水情缘,艳遇总是更令人心驰神醉。

就算什么样儿的男人都交往过了,我还是觉着一定会遇上真爱的。凭什么啊,我这么好看这么有钱这么浪漫,一个这么完美的女孩子有什么可能孤独终老呢?

真爱尚未出现,捕猎仍需努力。我的身边不乏男人,只是我越来越漠然了。熟练的把戏,反复的套路。那些无聊的、庸俗的直男令我心生厌倦。我害怕从此失去了喜欢他们的能力,害怕不能再创作下去,害怕一切感觉会像那个男人一样,再也回不来了。

老天待我还是挺慷慨的,在这个我几乎对狩猎把戏彻底失去兴趣的时候,杰出现了。

作为一个钱兜比脸还干净的南下青年,那时候杰住在不见天日的城中村里,过着捉襟见肘的日子,每天靠喝一块一杯的豆浆补充营养。就像我认定自己一定会找到真爱一样,他也笃定地认为自己绝对能闯出一片天,哪怕现在只是做着一个小酒吧的驻唱歌手。

第一次看到他，当晚是谁在身边，谁组的局，喝了什么酒，我已毫无印象，只记得在那个灯光昏黄暧昧不明的小酒吧里，他穿着一件不知道是故意做旧还是真的穿到那么旧的藏蓝色衬衣，手指甲修剪得很干净，拨弄着吉他上的弦，他头发长长的，遮住了两颊，一抬头，露出从喉结连绵至下巴的胡楂，是那种很传统的帅哥，鼻梁高挺，浓眉大眼。我喜欢，很喜欢。

被别人选择和自主选择别人的快感是不一样的。好像你去店里买衣服一样，售货员凑到你跟前拼命推荐的衣服，往往都是你看不上的。而你喜欢的款式，只需一眼就能决定把它买回家。我爱上杰的时间比看上一件衣服的时间要长，至少是一首歌的时间。

他唱着唱着，眼神迷离，不经意扫过人群，我们眼神对视了片刻，我的心开始狂跳。太好了，这种熟悉的感觉又来了。我痴迷地看着他，忘了手中已经温热的啤酒。这种强烈的感觉一发不可收拾，当晚就回去为他写了一首情歌。

"原来喜欢上一个人 / 心里就只能装着这个人 / 装到满满的 / 满到完全忘了自己 / 我的这颗心呀 / 再没法在自个儿身体里待 / 我只能挖心掏肺 / 再拱手相送 / 这颗心现在属于你 / 你珍惜是我的福气 / 你揉碎也是我的命运 / 不管怎样 / 都不怪你。"

第一眼就动心的人，叫人怎么跟他做朋友？

那晚之后，春心荡漾的我谢绝了其他人的约会，每晚都逗留在那间酒吧。

其他驻唱歌手唱得也不错，但对焦急等待杰出现的我来说，他们竟全变成了噪音，只求快快结束。终于他出现了，我便全神贯注地欣赏他，对，欣赏他整个人，从头到脚，从上到下。

并没有发动进攻，生怕惊动了可爱的猎物。我小心翼翼用美色勾引着他，用眼神传递着讯号，无声无息地让服务员给他送上一杯酒，再微笑与他举杯。

终于在第三个晚上，他沦陷在我的深V里，情欲像烈酒，上了头的男人将我一把摁在狭小的洗手间里狠狠亲吻。即使在这之前我已经亲吻过无数张嘴，在被他拥入怀中的那一瞬间，还是激动到不能呼吸，耳边只剩下我俩的心跳，身体所有的触感都来自他滚烫的身体。我把他带回了家，走出浴缸，在他的面前，我化成一摊柔情似水，他则像一块饥渴的海绵，不知疲倦地吮吸着我每一寸肌肤。

久经沙场的猎手终于擒到了至为满意的猎物，我退出了江湖。

每天，我们都彻夜狂欢，再睡到日落黄昏时，我常先他一步醒来，拥着他宽厚坚实的背脊，抚摸他线条分明的手臂，回忆他昨晚在我身体里横冲直撞的姿态，他太勇猛，撞碎了这么久以来我在心上筑起的铜墙铁壁。至此，我在他的面前返璞归真，卸掉所有猎手的伪装，袒露出最骄纵的任性，因为他有足够的宽容，任我百般胡闹，都会投以温暖拥抱。真真切切的男人，踏踏实实的陪伴，这才是我想要的。

被爱情席卷所有理智的两个人，恨不能用胶水粘在一起，无时无刻不想和对方在一起，哪儿还有其他的心思，在我的示意下，杰辞去了驻唱的工作日夜陪在我身边。

和他在一起之后，创作灵感简直源源不断。我迫不及待地想把我们的爱情展现给全世界，给所有秀恩爱的人做一个表率。同时我也安排杰参与了直播，他亮相的第一个周三，我们合唱了一首情歌，所有的粉丝都炸锅了，评论里惊叹不断。尽管有一大批男粉表示痛心疾首要脱粉，但杰的出现，却给了粉丝们更多的新鲜感，一来一往，直播观看人数反而更多了。直播平台甚至为了我们还专门开辟了一个虐狗板块，意为秀恩爱的专属直播板块。颜值旗鼓相当的我们就像金童玉女一样，卿卿我我，无限风光。

"遇见你之前 / 我常常问自己 / 这一生是否就这样过去 / 像一泓死水了无生机 / 像一片空谷只有自己的回音

"遇见你之后 / 我开始害怕失去 / 曾经无所畏惧的视死如归 / 是如今放不下你的卑微 / 是如今夜夜守护着你舍不得睡

"让我守护你 / 让我陪伴你 / 握住你的手 / 但愿人长久"

增加互动的直播形式，受到了广泛的好评，杰也是这块料子，镜头感极佳。一起出镜两三次之后，杰就被冠以"涵姐夫"的名号，并同时注册了其他的个人账号。在微博上，我们只要一发合影就有成千上万的粉丝为我们点赞。

是的，我亲手捧红了杰。他从一个落魄的南下青年摇身一变成了一呼百应的网络红人。他很感激我,对我百依百顺,疼爱有加,我也毫不客气地全盘接受。网上说得对呀,懂事遭雷劈,骄纵才有人疼。

李宗盛在歌里面唱,恋爱就像一场高烧。是的,烧是会退的。当我冷静下来,悄悄观望杰,常回想起第一眼看到他时他的样子,试图捕捉到一星半点当初心惊肉跳的感觉。可惜那种无可替代的新鲜感,没了就是没了。

而这只是表面。

出身的不同,成了我们相处中最大的障碍。我对钱没有概念,钱对我来说只是数字,冷冰冰的毫无意义。我时常在想,如果我们没有这么多钱,那个男人当年是不是也不会离开我们。也许正是因为他深知,即使这个家里没有他,我们也能过得很好,所以他才这样头也不回地走掉。

我喜欢花钱,却讨厌存钱,想买什么,就去买了。食物吃不完就扔了,反正好馆子比比皆是。喜欢的口红不知道选哪个颜色,就干脆一系列全买回来,用不用不要紧,买回来再说。糟不糟蹋了不管,总之把钱花了我才舒服。

我的挥霍,让非常珍惜每一笔收入的杰心里起了疙瘩,我花自己的钱理直气壮,也由不得他阻拦。时间久了,杰表面上不言不语,却总在洗手间里悄悄地叹气。嫌他窝囊,为什么不干脆找我大吵一架?他越这样我花得越厉害。身家背景是鸿沟,两个消费理念完全不同的人在一起怎么可能没有摩擦?

每次出门前,杰都在门外等着我梳洗打扮,看着丢了一地的衣服鞋子发呆,也常为了不浪费把我吃剩下的饭菜吃完。我看不下去了不让他吃,他马上趁火打劫跟我商量："那我不吃了，你以后也别点这么多行不？"

"不多点点怎么知道哪个好吃嘛。"我撒娇，撒娇的女人不需要讲道理。

"真拿你没办法。"杰继续吃了起来。

路过鞋店，我看上一双鞋，摇摆不定地问他："哪个颜色好看？"

"你还要买吗？家里已经有好几双差不多的啊？"

"你一个直男懂什么？！"

说不清是为了赌气还是让他意识到跟我唱反调只会换来更难以收拾的局面，我执意让售货员把同款的每个颜色都装了起来。打开车门，看见他帮我提着一堆购物袋的狼狈样子，又忍不住笑了出来，他扔了手中的袋子就追上来打我屁股。我们很快又和好如初，好像一切都不曾发生过一样。

尽管闭口不谈，但我们都心知肚明，除非有一个人改变自己，不然这一定是我们之间的祸端。由背景和经历决定的三观差异，简直难以融合。我也开始反复地问自己——我们真的登对吗？是不是该换一个势均力敌的男人？那些功成名就的老男人可没这么多事儿啊……

我依旧比他醒得早，却常看着他的侧颜发怔。想时光倒流回到他第一次吻我的夜，再体验一次那难以描述的天旋地转，如今是怎么都找不回了。是的，我们走到了感情的倦怠期。像所有的老夫老妻一样，心仍跳动，却不再因为彼此。

这些思绪一旦升起，就萦绕不去，每时每刻，无所不在。我憋不住了，走到他面前合上电脑，死死盯着他说："我们不能再这样下去了。"

杰一脸茫然："你怎么了？"无辜的他怎知道我天翻地覆的情绪。

我忍无可忍，声嘶力竭："我们不能再这样下去了，像老夫老妻一样，像行尸走肉一样！"

面对我的失控，杰反倒很淡然，他只是笑着摸摸我的头，宠溺得像在哄一个孩子："我们一定会变老的啊，当然也一定会变成老夫老妻啊。"

面对他的从容我更加疯狂，撕扯着他的上衣继续说："你到底知不知道我在说什么？谁要跟你做老夫老妻，我要浪漫，我要的是心动的感觉！！！"

话音未落，杰抱起了我。他太魁梧了，抱着我像抱着一只小猫。他将我身体禁锢在落地窗前，毫不客气扯掉我的浴袍，他的舌头在我耳根与颈脖处游窜，像一条不安分的小蛇。一阵酥痒传来，我已经想不起自己刚才在说什么，他对我的身体从来都这么放肆，他更知道我的身体是他的奴隶。他蓄势待发，如惊涛骇浪拍打小船，不假思索，横冲直撞。啊，我爱他，我还是爱他的。

嘤咛一声，我紧紧闭上眼睛。在他强而有力的攻势之下，大脑很快陷入一片混沌。

如果激情能够持续燃烧下去，就不是激情了。

沸腾过后，我们又像两杯白开水一样，不温不火，无色无味。我们说的话越来越少，杰再主动地寻找话题，也架不住我冷冰冰的回应。无理取闹真叫人束手无策，我也不知道自己到底想怎么样，总之就是不想这样。

每周三还要直播，而此刻的我根本想不出一句情话。杰看出我灵感的枯竭，退出了直播,他说是为了给我更多的空间,我也没有挽留他。就在我挖空心思编写无感情歌的时候,他无声无息用他的积蓄接手了一家小小的酒馆。仿佛在尽力挣脱我的势力范围,他将工作与生活与我慢慢抽离。

"我要成为你的另一半,而不是活在你影子里面的人。"杰收拾好了行李准备搬去酒馆附近的房子,临走前他将房间钥匙放在我手心,赋予我随时打扰他的权利,又将我抱在怀里吻了吻额头,说了一句"我爱你"就提着箱子走了。

我神情漠然,不发一语。

像许多年前那个男人离开我的时候一样,杰也给我留了一个背影。我怔怔地看着他的身影越来越远,直到看不见,独自坐在台阶上,冷静地面对了这场分离。杰是个聪明人,他知道与其狼狈地结束一切,不如体面地转身告别。是啊,他这么坚定地结束了与我厮混的日子,那我呢?我又该怎样去爱上下一个?今朝有酒今朝醉,我打开冰柜喝了个烂醉,酒意醺醺的时候拿着手机写了一大堆乱七八糟的情诗。清醒过来只觉得可笑,轻轻一划,尽数删除。

做不好不如不做,我对自己的出品要求几近苛刻。

在杰离开的第一个周三,我打扮了一下,头顶的射灯映照出一双美瞳楚楚动人,佐以红艳的唇,一切精心的修饰都是为了向粉丝宣告"我没事,我很好"。

在直播里,我向粉丝们阐明了我们的现状,和平地分开。同时宣告了暂时的停播,为了能继续有出作品的灵感,我要去西藏,去一趟所有文艺女青年的天堂。

对着镜头说着说着，眼泪穿过我贴好的下眼睫悄无声息地流了下来。我低头拭去，再抬起头时环顾四周，眼前除了一部手机还在闪烁，其他一片死气沉沉，只有密密麻麻的头像在网络的另一头不停喧闹着，这种感觉并不陌生，却第一次让我觉得如此可笑。

生活像一场呼啸的台风，吹散我身边的温暖身体，只留下了一堆冷冰冰的头像。所以这些人到底喜欢我什么，你问我，我也找不出答案。

还是说走就走，第二天我就动身飞去了西藏。什么攻略都没做，在当地随便找了个旅行团就加入了，高原上网络信号不好，只是草草发了一张照片定位以示平安。这是网上的习俗，出来玩不定位简直等于没有来。

没想到一直在南方生活的我，才随队走了一天就开始了严重的高原反应。那些被人反复炫耀的蓝天白云，此刻明晃晃的在我头顶，带来头痛和高烧。迫于身体情况，退出了旅行团的我返回酒店休息。

"高反好难过哦……"我又发了一条定位微博。很快收到了许多粉丝的嘘寒问暖和各种贴心的小妙招。虽然整个人难受得很，但七嘴八舌的评论让我应接不暇，倒也挺精神，就这样躺在酒店里玩起了手机一条条地回复起了评论，聊得不亦乐乎。

在床上瘫到了天黑，服药后头疼也有所缓解。实在是太饿了，缓步走到酒店餐厅用餐，才吃两口又觉得不舒服，天哪，干吗要来西藏啊，我扔掉筷子就趴在桌上生闷气。直到那个人端了一杯热茶过来。

他说:"刚泡好的西洋参茶,喝点吧,高反的话喝了能舒服点儿。"

我看着他,暗自打量,只见他穿高脖领的毛衣,脖领之上一张棱角分明的脸,鬓角被修得整整齐齐,眼睛不大,眼神却令人难以拒绝。头发被梳得油光油亮的贴伏在头上,外面罩驼色的羊毛大衣,整齐的一排扣子扣得严严实实,好一个衣冠禽兽呀,我端详着这个闷骚的男人。

还没等我回答,他直接将手中的茶递了过来,我接住抿了一口,哇,好苦。他点点头笑着示意我继续,没办法,在他的监视下我喝完了整整一杯。

他伸手摸摸我的头,像哄孩子一样:"你放心,我不是坏人。就是看你一个女孩子,又好像不太舒服,猜你就是高反了。来西藏这种地方最好结伴而行,怎么着也有个照应。"

我轻轻地哼了一下:"说得你好像有伴儿似的。"

他抬头向后仰大笑了起来:"可不是嘛。"

还来不及收拾脸上的笑意,他旋即伸出手:"我叫恒槟,你呢?"

还没试过如此正经的开场白,我一时竟然反应不过来,半晌才伸出手去:"我叫柯涵。"

我们相视一笑。

第二天一早,恒槟开着租来的越野车,请缨做我的私人导游。

"柯小姐请。"他的笑容恰到好处,面对一个帅气的绅士,高反症状已然渐退的我欣然接受。

我随他由拉萨出发，一路向北，直奔念青唐古拉山。我完全不做攻略，连别人的游记也懒得看上一眼，好在恒槟已来过多次，轻车熟路。一路无话，恒槟开车，我看窗外，沿路一侧是青藏铁路，一侧是辽阔草地，头上白云缭绕，倒也叫人神清气爽。

来往的车辆呼啸而过，比邻的车上一张张欢欣的游客脸，正兴奋又贪婪地四处观望，也难怪他们这么开心，辛辛苦苦工作好些时间，才能换来短暂的休憩与自由，尔后呢？出来玩个几天给自己一点虚妄的鼓励，再去经营各自惨淡的人生，大概这就是大多数人的生活。那么杰离开我，也是想要过这样的生活吗？

恍惚间，恒槟拍了拍我的手说："看，雪山！"

定一定神，向他所示的方向望去，远处云遮雾绕中雪山正若隐若现。"柯涵你的运气太好了，看你一来，连雪山都开门见山。"

"哈。"我有些尴尬，视线回到车内，我们的手正紧扣在一起。我稍一挣扎，恒槟像失礼般急忙将手缩了回去，只好各自扭头看风景。

离雪山越近，海拔就越高，熟悉的高反又来了，我头疼欲裂。还好恒槟早已备好应急药物，喂我吃了一颗，便飞快掉转方向朝酒店疾驰而去。

到达酒店时我已经有些意识模糊，最后看到的画面是他打开车门一把将我抱起的样子。

也不知道我睡了多久，睁眼时已是深夜。"哦……好饿啊……"翻身一个激灵看见恒槟,他正伏在床沿打盹,发出轻微的鼾声。趁他熟睡,我轻轻捻起他的头发,真粗呀,又黑,这么茂盛的头发一定有很旺盛的荷尔蒙。我看着他,像猎手打量新的猎物。

正当我想入非非,恒槟醒了。一抬脸,我俩四目相对。

"你醒了啊,感觉怎么样?"

"嗯,挺好的……你就一直在这儿坐着吗?"

"嗯,怕你不舒服,不看着你我不放心。睡了这么久你一定饿了,我买好了粥,你等等我热给你吃。"

说罢他起身端起一个餐盒便向浴室走去。

"去洗手间热?"我大感不解。

"你就等着吧。"

几分钟过去了,我披挂外套走向浴室。只见恒槟正守在洗手池边,看着漂浮在热水里的餐盒,不断试探着温度,果然专注的人最迷人,我竟有一丝爱上他的感觉。

直到他端起餐盒起身回房,才看见伫立在门外的我。什么也不说,只是宠溺地笑,将我拖回床沿,拆开勺子喂了起来。我像一个被宠坏的小孩,任他喂着,一口接一口。粥什么味道我吃不出来,眼里心里只有这个男人。

恒槟有两种眼神,一种是锐利的,像鹰一样,开车时尤其。但他每次看着我,眼里的锐气就会被一种叫柔情蜜意的神色所替代。我看得真切,也毫不客气地、理所应当地接受了这一切。

喝完粥，我精神好了许多。两个人在房里大眼瞪小眼也是有些尴尬，要发生进一步关系，我得换个环境，这是一个猎手的基本修养。

我摇他胳膊："有点闷，陪我出去走走吧。"

恒槟想了想，拿起车钥匙说："外面冷，我开车带你在外边兜一圈就好。"

这一趟没有白来啊，我侧过头去看着正在驾车的恒槟。车开了一会儿，他在一处开阔地停了下来，打开天窗说："你看天上。"我抬头望去，透过天窗，深蓝色的夜空，一条银河赫然眼前。原来银河是这样的，密集的星星点点凑在一起，同时闪烁着，形成一条宽且长的河流，璀璨却不夺目，密集却令人着迷。

高原的夜晚太静，他打开了车内音响，旋律一起，竟是那首《如果还有明天》。歌里唱着：我们都有伤心的时候，总不在乎这种感受，但我要把握每次感动，如果还有明天……

他看着我，我也看着他，不发一语，但我们都知道，有些什么滚烫的东西正在我们之间酝酿。不知道说什么，不如就做点什么。他捧起我的手，像捧着一件易碎品，呵气为我暖手。耳边回荡着信的声音——如果还有明天……是啊，如果还有明天，珍惜眼前人。我们四目相对，恒槟微笑张开双臂，将我揽入怀中。我顺从地靠在他胸口，闭上眼，静静闻着他身上的香水味，没有过去拥抱杰时那股天旋地转的狂喜，天地反而像停止转动一般宁静，我的心也是。原来就是这种安心的感觉，真爱，我终于，找到了。

被他绵软的唇贴在额上，高反带来的头痛亦不药而愈。

和恒槟在一起，我像遇到了世界上另一个自己。无论我说出什么想法，他很快就梳理出更透彻的层面。我们在一起无所不谈，从深夜到清晨，仿佛急着要将遇见彼此之前的生命分享给对方，我的身世他的生活，就这样在二人面前一览无遗。

恒槟，一个创业公司老板，从事新媒体广告行业。三十六岁，有一个儿子由前妻抚养，他每个月交付不菲的赡养费，并为公司里的几十名员工派发工资。工作节奏非常快，那么多人指着他吃饭，压力不是一般的大。每当他感到濒临崩溃的时候，就会孤身来一次西藏。而这次，他遇见了我。

是的，他填补了我所有的空虚，无论是肉体还是心理。我们所谈的一切之前和杰都没有说过，也有可能是我下意识觉得杰并不懂事，懒得向他倾吐这些想法。恒槟就不同了，他成熟大气，体贴优雅，看着他，我总欣喜地想，知音难觅，这回一定要好好珍惜。

有了他，感觉再也不用那些虚拟头像来找存在感了，曾经我独自对着摄像头说话的画面，现在想起来甚至有点可笑。纵然再多的情话在心底似急流汹涌，我也不需再另觅出口了，他就在眼前。活生生的一个人，还有什么比亲口说给他听更浪漫的吗？

缘分很奇妙，一切就像刚刚好。如果不是杰离我而去，如果不是我赌气出游，如果不是我高反不适，我们可能都没机会认识。我们会像所有擦身而过的游客一样，成为彼此照片中的一个陌生人，今生今世都没有交谈的机会。可恰好，一切不偏不倚、顺理成章地发生了。感谢上天，终于把我命中注定的那个人，送来了我身边。

"别人都说这里是离天堂最近的对方，我每次来，每次都想找到天堂的痕迹。这一次我信了，因为有你这个天使的出现。"他总是紧紧拥着我，不停地吻我，仿佛一松手我就会溜走一样。

"我经历过很失败的感情，以为这辈子就这样了。为了活下去而用尽全力，根本没有谈爱的余地。你知道吗？你拯救了我。"恒槟继续说。

我又何尝不是呢，将嘴唇贴在他脖颈处轻轻吮吸他的皮肤，想起上一次这样靠在杰的身上，我将恒槟拥得更紧了些。在心里默默地念"答应我，不要走"。

像是心有灵犀，他又说——

"宝贝，明天我就要回去工作了，和我一起走吧。错过了那么多年才遇见你，我们不要再分开了。"他亲吻我的眼盖，我顺从地闭上眼，全世界只剩下他温热的唇。

"好。"我揽住他的肩头，将整个身子挂在他身上，像一个顽皮的女儿在父亲身上胡闹。脸颊蹭过他的胡楂，是的，就是这种似曾相识的感觉，好像已经离开我一个世纪，而今再次真切地发生，我不能再让这一切消失。

"我们回去，结婚吧。"我看着恒槟，恒槟愣了一愣神，用力地抱住我，我也热切地回应他，恨不能将彼此身体嵌在一起。只听得恒槟在耳边轻声说："但愿我不会辜负你的好。"我们脸贴着脸，他面颊似有泪水滑落，惹得一阵清凉。

对于大多数人来说，相识不过短短几天，就决定结婚简直就是胡闹。我可不在乎，也做好了迎接一切指指点点的准备。这是我的选择，我的爱情，我的人生，谁都没有插手的权利。

回到城市，恒槟将我带回了家。出乎想象地干净整洁，人如其屋。他的品位很简洁，一张素色的悬浮大床，旁边置着一盏香熏台灯，没有多余的杂物。再打开衣帽间，深色系按照深浅度整整齐齐摆放着他的衣物和鞋子。一个单身男人，竟然过得如此精致，为我那凌乱的房间汗颜，如果没有阿姨每天来打扫，我可能连睡觉的地方都没有。

放下我的大包小包，甜蜜的同居生活就这样开始了。

如果有人跟你说千万不要和有孩子的男人结婚，那她很有可能是在藏宝。当过爸爸的男人才是真的好，细心体贴又周到，比那些照顾自己都费劲的毛头小子强了不知道多少倍。

以前我醒得比杰早，然后永无止境地一起赖床，饿到不行了才起床觅食，要么就一起瘫着叫外卖。现在不一样了，恒槟起得很早，闹钟一响他就起床准备早餐，我也不睡了，常趴在床上看恒槟在厨房里的身影，等着他端来热气腾腾的爱心早餐。一起吃完他再前往公司上班，我便再次倒头睡去。

他太会照顾人了，上上下下，里里外外。我才换下的脏衣服，洗完澡出来，他已经收拾妥当。洁癖是个好东西，希望你的另一半也有，前提是他愿意为你动手，而不是站着说话指点江山。

自从我们开始了同居生活，我好像戒掉了网瘾。曾经每时每刻挂在网上的人，现在经常把手机扔在一边。即使他出去工作了，我也宁可把时间花在买衣服和化妆品上，坐在镜前细细地打扮一番，准备迎接归家的男人。

结婚是件麻烦事儿，所以我们一空下来还得研究婚礼。要在哪里举行仪式，要挑什么款式的婚纱，要去哪里蜜月旅行。"还好你结过一次婚！有经验！"我开心地抱着他，他一时不知该笑还是该恼，只好把我摁倒亲吻。

和恒槟在一起之后的我也勤快了起来，曾经十指不沾阳春水的人，也慢慢开始尝试着做一些简单的饭菜。虽然味道不怎么样，但他总美滋滋地吃个精光。照顾别人的感觉原来也挺好，不舍得让他太累呀，这个身体我还要用很久呢。

婚姻大事，还是要见一见父母的，很快我就带恒槟去见了妈妈。

果不其然，妈妈也很满意这个成熟体贴的女婿，难得没有出去打牌的她，亲手准备了一席盛宴，席间频频含笑望着恒槟，吃完恒槟又抢着洗碗，妈妈就在一边也不知道他俩聊了些什么，只是妈妈出来的时候笑意更浓。自从那个男人离开家里，我几乎没见过妈妈这么开心，原来她也一直盼着我有个归宿。

看着他俩聊得笑逐颜开，我想起了杰，为什么我没想过要带杰回来？为什么这个时候又要想起他？我摇了摇头，试图把他从我脑中甩出去。

妈妈一口应允了婚事，我们十指紧扣，喜上眉梢。

生活是一趟只做停歇从不回头的列车，踏上车便容不得你回头，只能一路向前，驶向新的方向。

与此同时，杰的小酒吧也慢慢经营了起来。他给酒吧起名叫做"知春"，有他这个昔日直播红人的镇场，古香古色的装修也别致，生意好到爆棚。

生活在同一座城市，难免会路过。我常在车里，向店内望去。看看里面是否灯红酒绿，是否人头攒动。他离开前塞进掌心的钥匙，一直和我的钥匙串在一起，被捏在手心，一阵痛感传来，告诉我一切已经不再。

偶尔恒槟加班，我也会去酒吧对面的咖啡馆里，托着腮静静地看着对街的人来人往，捕捉杰的身影。

喝完手里的咖啡，苦得皱眉，过去就过去了吧，各自奔前程各自安好吧。

很快我们返回城市已经一个多月，恒槟手里的工作项目也告了一个段落。这天醒来，他从身后环绕住我说："宝宝，陪我一起去试婚戒好不好？"

"好啊！"我在另一侧眉飞色舞。

吃过早餐，我们便前往珠宝店挑选戒指。国内的售卖现货钻戒克拉数有限，我试了几枚感觉都挺满意的，恒槟还是嫌小。

不想他为了娶我倾家荡产，我轻声说："要不就这样吧，用不着那么大的。"

恒槟不为所动："不行，宝宝，你给了我最大的信任，愿意将一生托付给我。我也要竭尽所能给你最好的。等我下个月去法国，给你带一枚超大的钻石回来好不好？"一边说，他一边轻吻我指尖，"我要让你的手上，闪耀这座城市最大的幸福。"

我被感动得说不出话，事实证明，女人在无限的宠爱面前是完全失去抵抗能力的，连珠宝店店员都羡慕不已，连我都羡慕我自己。

"不如去庆祝一下吧！"恒槟提议。

"去哪儿？"

"隔壁街有家小酒吧叫知春，环境特别好，我很喜欢，想带你一起去。"

"那里啊……"我顿时没了表情。

"怎么了宝宝？"

"酒吧太吵空气又不好，我又有点累，不如改天再去好吗？"

"好，什么都依你。"

他一脸春风得意，我悄然心有余悸。

今天是5月10日，我们把婚期定在了十天之后，求一个"520"。因为害怕喜宴上亲朋好友簇拥的尴尬，我决定不举行婚礼，恒槟也欣然同意。等注册了就一起出行蜜月，这才是新一代年轻人的结婚方式。

妈妈也为我准备好了户口本，并交给我一张银行卡。

"涵涵，这是妈给你的嫁妆，密码是你的生日。这笔钱留着给你压箱底，希望你们过得好。这些年是妈妈不好，一直没有好好照顾你。妈妈很愧疚，也不知道怎么跟你说,好了好了,总之现在有人守护你,你也心甘情愿地被他守护,就是妈妈这辈子最高兴的事。"

话音未落,妈妈的眼泪便先掉了下来,我也禁不住哭了起来。明明是喜事,母女俩却抱头痛哭,哭完又笑。原来人一旦回归正常的生活轨道,身边的亲人也会一起做出改变。自从我有了婚约,妈妈把每天必去的牌局改到了周末,反而买回一大堆毛线,戴着老花眼镜笨手笨脚地打起了毛衣,说要给她的外孙一个亲手做的礼物。

想不到恒槟也早有准备,拿着厚厚的一沓文件递给了妈妈。

"妈,我知道您什么也不缺。正巧我有个好朋友是做保险的,就为你和涵涵各买了一份。受益人是你们彼此,妈您拿着,希望这份保险永远都派不上用场,咱们一家永远平平安安的。"

妈妈看着这位准女婿,笑逐颜开签好了保单。真好,希望时间就这么停止,我们互相拥有,心甘情愿地为彼此迷恋。

为了庆祝即将成为一家人,我们在路上买了一支红酒,来到小区找了一处僻静地方停好车,打开车顶天窗就喝了起来。没有酒杯,也没有冰块,我们就拿着酒瓶一人一口地喝,喝着喝着就忍不住笑出来。

"你说你,又不是第一次娶媳妇了,那么高兴干什么?"

"因为我娶了一个小活宝啊,才认识一个礼拜就答应嫁给我了,不仅不嫌弃我这么老,还对我这么好,我能不高兴吗?"

"你说谁是活宝？"我一个翻身跳到他身上开始乱挠，他最怕痒，剧烈反抗起来，酒瓶在他手中应声而洒，流淌在我的胸前像一片暗红色的河流。他想也不想，低头舔舐这条河，舌尖似有电，他每舔一下，我便跟着战栗一下。他抬起头，再深深地与我交换口中的红酒。这感觉太美妙……我们紧紧纠缠在一起，密不可分，也顾不得天窗尚未关闭，车厢这一小方空间已被我们的情欲点燃，连空气都滚烫。

我贪婪地抚摸他的身体，饱满的肌肉，坚不可摧的身体，还有我最喜欢的胡楂。而我竟要和如此完美的男人共度一生了，这真叫人不可思议。一阵撞击之后，他低吼了一声，将满腔的欲望都喷洒在我胸前。月光下，我赤裸的身体和着两人的汗水与红酒闪闪发光，恒槟用身体紧紧将我裹住，用嘴唇含住我的耳垂，低声呢喃："宝宝，你太迷人了。以前我总觉得人生坎坷，原来我所有的好运气都是为了遇见你。"我回吻着他的脸颊说："那我们今天好好庆祝一下吧。"

岂有放过他的道理——我俩胡乱收拾了一下车内，穿好衣服，便上楼去又开了一瓶酒，是一瓶吗？也许两瓶吧。最后我的视线只剩下一片酒色迷蒙和恒槟线条分明的肉体，那无法形容的旖旎。

直到清晨，从口干舌燥中醒来。看了一眼身边的恒槟，正睡得香甜。不去惊动他，我小心翼翼地掀开被子披着他的外套去洗手间。才坐下来，只听外套里一阵疾响，慌忙将手机掏出来按了静音。我在马桶上怔怔地看着手机，当屏幕上的号码逐渐变成未接来电之后，一条短信接踵而至。

后来，我用了很长的时间，才忘了那个瞬间，人的一生的确会遭遇不同的危机和苦难，情人间怕背叛，好友间怕离散。恒槟与我，曾经如此恩爱甜蜜的两个人，在那一个瞬间之后，崩坏得像粉末一样，昔日种种，无所遁形。

屏幕上显示了一行字：怎么样？确定了下个礼拜动手吗？把老太太直接造成车祸现场，拿到了保险费你可得分我五成，你还有那么大一摊子家业。我拿着钱就走了，不坏你的好事儿。

当时已是春末夏初，温度并不低。捏着手机的我，生生出了一身冷汗。眼前一黑，天塌地陷。我跌坐在地板上，手脚冰凉。

这是说的妈妈吗？车祸现场？保险费？

我无法接受这个讯息，明明一切都已经走到圆满结局，我找到了真爱，妈妈回归了家庭，准备好一生一世就这样过了。恒槟，你为什么要这样？！

想着想着，越发不寒而栗，我瘫软在地上，使劲咬着嘴唇逼迫自己恢复理智。并不知道他的手机解锁密码，试了几次都是错误，终于我冷静了下来，不能仅凭一条短信就判定他的企图。

起身用凉水洗了个脸，我强打精神，轻轻打开浴室门，透过门缝，蜷缩中的男人睡得像个孩子，一脸与世无争，唇边还挂着我昨夜留下的吻痕。他怎么会有不可告人的一面？他怎么舍得这样伤害我？闭上眼深吸一口气，将手机放回他上衣口袋，我爬回床上，靠在他的身边，闭上眼回忆我们从认识到现在的点点滴滴，梳理着所有细节，直到他醒来。

"宝宝，你醒了？这么早，你睡够了吗？肚子饿不饿，我这就起来给你做早餐。"

他醒了，轻轻吻着我的额头。还记得他以前说，两个人在一起共枕眠，入睡后就是一场小小的分别，能够在睁眼的时刻再次看到小别后的恋人，就是莫大的喜悦。是的，隔了几个小时未见，我看着他像看着一个陌生人，明明前一夜我们还紧贴在一起说一生一世永不分离。这可真叫人胆战心惊。

恒槟见我神情有异，只当我宿醉未醒，吻了吻我就起身做早餐了。望着他在厨房忙碌的身影，我一直认为那就是真爱的模样，可这份信念，在今天早上被彻底击垮了。但区区一条短信我怎能确信，万一是别人发错了号码，也该为他留一点余地……我握紧拳头，指甲嵌进肉里，痛感使我清醒，马上就要去登记了，一定要在这几天找到答案。而确定之前，我不能露出破绽，更不能被他知道自己在怀疑他什么。如果只是一场误会，这样对感情的伤害实在太大了。

定一定神，我笑着接过他端来的早餐。

仅凭一个照面，我记住了那个发短信的号码。即使无法越权查到恒槟的通话记录，留着这个号码，肯定是有用的。

我将所有疑问连同早餐吞进肚子："亲爱的，今天我不想一个人在家等你回来，陪你去公司好不好？一定不给你添乱，就在办公室里等你！"语毕我就举起了手，一脸诚恳地向他保证。

他有些内疚，握住我的手："对不起，宝宝，平时工作太忙了，没有好好陪你，你不怕闷的话就去吧，我给你把吃的喝的准备好，然后你就自己玩会儿，好不好？"

"你最好了！"我像往常一样扑进他怀里，心里却打起了鼓——也不知他公司什么样子，只知道他正处于创业初期，工作压力很大，从未问过他的工作情况，我真不是一个称职的女朋友。

一路无话，驱车来到公司，他安排助理为我买零食和水果，眼看要准备会议了，我拿出从家里带来的平板电脑，以示自己不会无聊，他放心地点了点头，行色匆匆地与我拥吻之后直奔会议室。

细细打量这间办公室，和他房间一样整洁有序，有洁癖的人果然在哪儿都一样。里里外外看了一圈，文件、电脑、办公桌，无一不整整齐齐，连垃圾桶里都干干净净。果然什么线索都找不到啊，我整个人挂在他的靠背椅上，像个泄了气的娃娃。正当我陷入沮丧，传来敲门声，我说请进，助理小张提着一大袋买好的吃食进来了。小张是一个很体贴的姑娘，心思也细，虽然没见过，但平时我们出去吃饭看电影什么的，都是由她帮忙张罗给我们订票排位这些琐事，所以也算是个熟人。

接过零食，我邀请小张一同分享，她十分客气地坐下了，顺手帮我剥起了橙子。剥着剥着，小张突然小心翼翼地问："柯姐姐，我想问问你和我们总经理什么时候结婚啊？"

"还有十来天吧，怎么了？"

小张如释重负："啊，太好了。因为之前总经理说要和你举行一个豪华婚礼，将公司一部分流动资金拿去筹备了，所以我们上个月和这个月的工资要等你们完婚之后才能发。"

"什么？豪华婚礼？"

"柯姐姐你千万别跟总经理说我问过啊，你就当没听过好吗？"小张见我神色不对顿时紧张了起来。

"好，我不说。"

小张赶紧找了个借口出去了，我送走她关上门，靠在门上试图理清这些前因后果。

我们根本就没筹备什么豪华婚礼啊！

从许诺到法国买钻戒到旅行结婚，我全程一分钱都没跟他提过，更没有举行婚礼的打算。事实就是恒槟并没有挪用公款去筹备婚礼，婚礼不过是拖欠员工工资的借口。如果他所做的一切都是为了钱，那么短信里所提到的保险赔偿金……

谎言就像肥皂泡，戳破一个，其他的就会接踵而至露出破绽。

我正在愣神，恒槟办公桌上的座机响了起来。我凑近一看，也太巧了，就是那天打他手机的那个号码！

每一声铃响都像戳在我的神经上，跳跃着刺痛。

接吗？接了我说什么？质问他是不是要害我们？不接？这么重要的线索就

这样白白错过？

清了清嗓，我拿起听筒："你好，我是助理小张，请问哪位？"

那边传来一个男人的声音："哎，你们老板电话打不通，一会儿他回来了让他尽快给我回个电话！"

我："您方便说一下是哪家公司什么事情吗？"

他："你就说是老方找他，谈他结婚的事！就这样！"

电话挂了。

这下彻底排除了发错短信的可能，这个老方，就是恒槟的帮凶。怪不得承诺在我们婚后发工资，假如这一切如期发生，我都不晓得自己还有没有活下去的勇气，即使我挺过去了，哪儿还有心思去打理财务，一切都顺理成章地属于他了。我们的命运竟然都在他的掌控之中。

以前无论我怎么胡闹，怎么任性，都觉得是自己的事情，牵连不到任何人。而这次，却差一点导致妈妈发生危险。想到这我倒吸一口凉气，差一点就铸成大错。

什么样的真爱做得出谋财害命这种事？我又想起杰，想起他看我的神情，是那样简单，从不问其他。想起他跟我说过的一字一句，他明明是要成为我的另一半，而不是活在我影子里的人，我却认为是他要离开我？转身就爱上恒槟，还要跟他结婚！天底下恐怕没有比我莽撞更轻佻的人了，自责的情绪瞬间将我笼罩。

轻轻用头撞着墙,我逼自己坚强:祸是你闯的,就要担起责任,保护好妈妈。不要露出破绽,离开这里,去寻求帮助,一定要做到!

门外传来脚步声,是的,是他回来了。我匆匆擦干泪痕,假装趴在桌上睡觉。

两声敲门后,他悄然来到身边,轻抚我头发。换作以前,我一定会觉得这画面很温馨,如今只剩下恶心。由爱生恨只是一瞬,这恨意使我愈加坚定,女人骨子里的韧劲上来了,恒槟,你给我等着!

抬起头我嘟嘴撒娇:"嗯——怎么去了那么久,人家都睡着了。"只要愿意,每个女人都是影后。他抹掉我眼角的泪水,一脸愧疚:"对不起,宝宝,临时出了点问题耽误了,那个会议室信号又特别差,都没法给你发个信息。"

是啊,谢谢你信号差,不然我怎么有机会接到老方的电话。

不想直视他的脸,干脆把头藏进他胸口:"昨晚喝太多酒,我又累又困,想回家吃妈妈做的饭,我先走了好不好呀?"

"宝宝先回去也好,我这还有一堆事,让你憋屈了一下午,今晚我争取早点回来补偿你好不好?"

我继续撒娇:"好啊好啊。那你尽管忙,我保证帮你照顾好自己!"我注视着眼前这张脸,这张我吻过无数次的脸,这双曾让我心动的眼,这双曾令我神魂颠倒的唇,谁能想到在这个皮囊下,会藏着一副如此恶毒的心肠?我的表情开始僵硬了,责难的话在嘴边几乎要冲口而出,我强令着自己保持微笑,继续扮演热恋中的小女人。

只想赶紧离开。

做戏要做全套，像平时一样与他吻别，挽着他的手去电梯，直到电梯门慢慢地关上，他的脸逐渐消失不见。我像个电池用尽的机器人，斜靠在一边，一楼到了，电梯"叮"的一声把我拉回现实，走出了恶魔的势力范围，四肢百骸重新活络起来，我疾步向前。

彼时已是日落黄昏，沿路行人个个行色匆匆赶着归家。每个人都肩负责任日复一日，我已经没有脸瞧不上这种生活，我正在为自己的任性妄为付出代价，此刻只能咬紧牙关，一定要打赢这场仗，保护好亲人。

现在，我只能相信他了。

掀开布帘，他正在厅内摆放桌椅，时间尚早，酒吧里空无一人。我径直走向他，强装了一整天的镇定在瞬间崩塌，四目相对时，我号啕大哭了起来。

杰放下手中的东西，缓缓抱住了我，任凭我的眼泪鼻涕往他身上肆虐。我拥着他的身体，像溺死前抓住的救生圈，放声大哭，似认错，似倾诉。也不知哭了多久，我终于哭累了，也哭舒服了。杰挂起打烊的牌子，锁上门，倒了一杯我最喜欢的梅子酒放在面前。他太了解我了，所以不言不语，等着我爆发。

喝一口清甜的酒，我恢复了几分气力。把与他分开之后，我是如何赌气去西藏，又如何认识了恒槟，从头到尾讲了一遍，讲到最后，我再次崩溃，抽泣起来。

杰握住我不断颤抖的肩，我哽咽着翻来覆去向他道歉——"对不起，以前是我太任性。"从没在人面前这么狼狈过，我哭得筋疲力尽，杰自始至终只是抱着我，直到我的情绪慢慢恢复稳定，他才一字一顿地说："别害怕，有我在。"

他很清楚，我在崩溃的时候什么都听不进去。此刻他沉默的陪伴比什么甜言蜜语都值得信赖，分开了这么久，他的存在更接近一个亲人。

一口气喝完杯中酒，我一鼓作气把心里盘算过的可能性都讲了。杰对我的忍耐表示赞同，无论事情发展到什么地步，打草惊蛇都是非常危险的，更何况还有那个身在暗处的老方。既然现在我们掌握了先机，一定可以在保障安全的前提下处理好一切的。有了他在身边，我淡定了许多。

"事不宜迟，尽快报警吧。我这就陪你去。"杰二话不说就把门锁上了，牵着我就走。警局离得也不远，很快就到了。面对着接警的张警官，我又将事情经过陈述了一遍。听完我的叙说，他皱起了眉，放下记录案情的纸笔说："据你的描述，这个案子目前有保险诈骗以及故意伤害的嫌疑，但一切都只是蓄意的阶段，我们不能仅凭一个电话就进行逮捕。"

"那怎么办？"我的声音略微有些颤抖。

"今天我会帮你立案，然后根据你提供的电话号码进行调查，如果确实存在违法形迹，我们一定会将嫌疑人绳之以法。同时你也要做好准备，想要获得确切证据的话，现阶段千万不要露出破绽，继续暗中留意。至于阿姨，可以先转移一下，暂住到其他地方去，这样就安全了。"

"好！"我点着头，杰的手穿过椅背，无声无息抓住了我的手。

张警官继续说:"你也要留意自身安全,不要跟对方起争执,心怀不轨的人会做出什么我们都无法预测,如果有任何反常举动记得立即报警。"

"好的,张警官!"警徽在前,如有神助,我精神了。

走出警局已是夜里十一点点多。恒槟打来电话,我看着手机默不作声,"快接吧,别忘了刚才张警官叮嘱的,好好说话,像平时一样。"说完杰就走到一边去了,我按下了接听键。

电话那端是恒槟充满歉意的声音:"宝宝啊,明天一早要方案,我得跟同事们再定一下,争取一举拿下这个比稿。你在家了吗,早点先睡好不好?"

"没事儿,你专心忙吧,我这就准备睡了。"

"今晚吃到好吃的了吗?"

"嘻嘻,吃到了,也想你了,忙完就早点回来吧。"突然有一种影后上身的感觉,毕竟在一起也有这么久,应对起来简直轻车熟路。电话一挂,我即刻奔向杰的方向,从身后将他搂住,整张脸埋在他的背上:"对不起。谢谢你。"

杰转过身抱紧我,拍着我的背,像在哄一个受惊的小孩:"不要怕,我们一起渡过难关。"

为自己错信了恒槟而难过,又为失而复得的杰而高兴,一时百感交集,眼泪又滴落在他肩膀上。杰托起我的脸,看着我眼睛:"柯涵,这次我们一定要把事情处理好,不能让任何人受到伤害,你要打起精神来,保护好妈妈,也保护好自己!过去的事情都过去了,从现在起我不允许你受到一点点伤害,答应我。"

"好。"我看着他,他也看着我。手心被他握出了汗,想不到我踏遍千山万水想找一份真爱,兜了个圈,原来近在眼前。

终是要回去了,该面对的总要面对。凑巧的是,这两天为了拿下一个新客户,恒槟大部分时间都在公司里忙得不可开交,给了我足够的时间将妈妈送到没人知道的外婆家了。

那晚之后,我开始和杰保持实时联系了。他成了我的主心骨,一个温柔的依靠,一个强而有力的后盾。安排好了妈妈,我的情绪也越发稳定,没什么好怕的了。自己带回来的麻烦,也要靠自己处理好。证据,只要得到证据,一定可以消除后患的,我对此深信不疑。

幸运的是,随着警局展开行动。顺着我提供的电话号码,警方竟然很快就找到了老方,这个叫方大海的中年男人,也许是入室抢劫被全国通缉了五年,人也松懈了,用电话号码注册了多家送餐app的账户,顺着他的注册地址,调取周边的监控录像,一下就被认出是在逃通缉犯的他,很快被埋伏的警察们逮捕了。

经过审讯,他交代了和恒槟蓄谋制造车祸意图骗保的计划,平时恒槟发布指令,他则负责跟踪我妈掌握路线和时间。

经过反复讨论,我们最终决定,由张警官控制方大海的电话,继续与恒槟保持联系，以便将案件性质进一步落实。当然，我还要做影后，和恒槟演下去。

隐患已经解除，我再面对恒槟，已经无所畏惧了。

从前我常看着恒槟嘴唇发呆，多好看的唇呀，微微凸起，亲上去有弹起的震感，不像我的嘴唇那么薄，毫无质感。

而今那张唇依然好看，只是从那里说出的每一句话、每一个字，都像一记重重的耳光打在脸上，叫我倍感耻辱。

恒槟也看出我的魂不守舍，伸手探额头："宝宝你是不是不太舒服？要不陪你去医院看看？"

"不嘛，人家马上要来姨妈了，让我安安静静躺着就好。"感谢上帝，女人永远有办法解释自己的不对劲。转身睡去，只求个清净。

而另一面，张警官也用方大海的电话与恒槟保持着联系。

通过张警官，我得知他们确定了明天行动的时间和地点，赶在我妈外出打麻将的路上一撞了之，再趁乱逃逸，恒槟还交代了伤得越重越好。

最后一句话听得我不寒而栗，他竟然恶毒到如此地步。若我一直被蒙在鼓里任他摆布，这可怕的事情就会成真。几乎要把嘴唇咬出血来，胸腔里的怒火，恨不能将他焚烧。

"宝宝快过来亲亲，我去上班咯。"

我用力咬住嘴唇，回过头给了他一个大大的拥吻，笑靥如花。

女人是一种很神奇的动物，一点小伤小痛可能都会让她哭哭啼啼，反倒在大劫难面前，又变身成无敌斗士。

自从我有了婚约,妈妈便不整日整夜地打牌了,只有周末两天会在晚饭后七点出去打到十点便回家休息。所以他们计划在这周六,也就是明晚实施犯罪。为了更好地保护我的安全,并同时搜集证据,张警官给了我一个窃听器,让我装在身上时刻监听,我将它藏在了衣领处,长发披盖下来浑然不觉。

　　转眼就是一夜,也许是终于到了最后关头,恒槟显得十分轻松,一早起床做好早餐,并将手中的工作交代出去,说今天要好好陪我,作为前几天忙碌的补偿。我权当这是我们在一起的最后一天,全盘接受。

　　一天的时间何其短,逛逛街,再看一部戏,吃一顿饭,暮色已渐垂。我这个熟练的戏子,暂时放下心头恨意,假装一切如旧,演完最后一场戏。

　　经过之前来看过戒指的珠宝店,我向内张望。恒槟握紧了我的手:"再过几天,我就给你买一颗最大最闪的钻戒。"我回敬他一脸笑意,这谎言太甜蜜,真的能要人命。吃完料理,恒槟继续安排活动:"马上就要嫁给我了,请问这位准新娘想不想去喝一杯?"

　　我全盘接受:"好,你说去哪儿就去哪儿,今天全听你的。"

　　他想了想:"不如去我之前提过的那个知春酒吧,还是最喜欢那里的环境。"

　　"没问题。"

　　"那走吧。"太讽刺了,最后一刻,他竟然要去杰的酒吧。

　　趁他开车,我打开手机,一直监听我们对话的张警官发来信息,表示会安排警员在酒吧进行逮捕。那就走吧，去喝一杯吧，我们最后的一杯。

停好车，我们一前一后踏入酒吧，这个时间，店里已经热闹非凡。早已得知我们要来的杰低头忙碌着，也辨不出谁是便衣警察，但我有恃无恐。

只剩下吧台的位子，一边坐着一个长发姑娘，一脸忧郁，多半是失恋了独自来买醉。另一边坐着几个年轻人正热热闹闹玩着游戏。环顾酒吧，灯光影影绰绰，众人各有各的姿态，这里没有好人与坏人之分，这里是石头森林里的驿站，我们都是买醉的过客，歇脚过后，重新起程。

酒来了，我端起来就喝，临近落幕，人也失控。一股沁凉流淌入喉，我抖擞精神，像竖起羽毛备战的小鸟，而我浑然不觉的眼前人，正一手持酒，一手端手机，等待着什么。看一眼时间，已然快八点，对话框里的杰一直在为我打气。

就这样我们各自看了好一会儿手机。

"你怎么了，魂不守舍的，还有工作？"我先发制人。

"没有，没事了，说好了专心陪你的。"

"可是你看起来不是很专心哎。"

"是吗？"他冲我笑笑，向我举杯致意，"可能马上就要娶你了，有点激动吧。"

已经喝完一杯的我酒意袭来，连日来的隐忍在瞬间被冲破，话语如子弹一般从嘴里射出："你在等方大海吧？"

恒槟骤然抬起头，瞪住了我。

我也看着他，毫不示弱。

"方大海是谁？我不认识。"恒槟很快收起面上的惊诧，恢复了平静。

"你别演戏了好吗？他不会来了，你的计划泡汤了！"我终是按捺不住。

"演戏？演什么戏？宝宝，你这还没喝多少呢就醉了吗？"他目光如炬，鬓角却隐约有汗水闪动。

愤怒是火药，点燃一切。那些在心里盘旋过千万遍的质问同时涌上心头，如果我没有发现这一切，现在又会发什么可怕的事情？人怎么可以坏到这个地步？！

"你够了，恒槟，我什么都知道了，什、么、都、知、道、了。"

"你知道什么？"他神色语气未变，整个人却垮了下来，斜斜地靠在吧台上，攥住了车钥匙。

"你到底爱过我吗？！"临了还是忍不住问了这个蠢问题。

看着酒吧门口的恒槟扭过头来看着我，全然戒备的眼神里闪出了些许温柔，或许他也曾动过情："从你直播的时候，我就知道你了，喜欢你是真心的，为了认识你，我专门顺着你在网上发的动态位置去的西藏。想跟喜欢的人结婚，这不是很正常吗？"

"那害喜欢的人的妈妈也很正常吗？！"一直以为是他中途起了歹意，谁知道他从始至终都在布置圈套，我全然绝望，过去种种，所谓真爱，土崩瓦解。

"实话跟你说了吧，我的公司周转不过来，外有欠款，内有开支，原以为能把你这个直播红人资源搞到手，可以做些新项目，谁知道你从认识我之后就不直播了。呵，真的很讽刺。"恒槟冷笑了一声，尽是无奈。

我看着他，眼泪夺眶而出，虽早已知晓他的居心，但听他亲口吐露真相，还是免不了地胆战心寒。杰在远处看到我的无所适从，一边作势整理酒具，一边慢慢地靠了过来。

恒槟看了杰一眼，嘴角微撇："你和他还好着呢吧，我就是故意要带你上这儿来，让他看看你这种女人谁都可以搞到手。"

"你！"我大怒，浑身颤抖了起来，杰过来拍了拍我的肩膀，瞪住了恒槟。

"你这种富二代根本就不知道生活有多难，成天就知道谈恋爱，像你这种没男人活不了的贱女人，没有几个钱，我怎么可能真心爱你？"说着说着他竟笑了起来。

不假思索，我端起手中的酒泼了过去。

恒槟被我泼得一脸是酒，他更激动了："不是为了你那点破钱，谁愿意伺候你这个公主病！我跟你说，今天这事儿没完！"

杰按住我的肩膀让我坐下，我浑身发抖，怒不可遏："你还想怎么样？你的生意失败就要来害别人？做坏事难道不要付出代价吗？方大海已经被抓起来了，你以为你跑得了吗？！"

恒槟听闻此言，骤然愣住了，他将下意识捏在手中的酒杯端起来一饮而尽，抓起车钥匙转身就走。我起身拽他，被他一手推倒在地，头磕在了桌角，最后看到的画面是杰惊慌失措的脸。

也不知过了多久，我在头痛欲裂中醒来，眼前白茫茫一片，冷气森然，我在哪儿？环顾四周，看见了趴在床边的杰，我轻触他的手，他立刻惊醒。

"太好了，你终于醒了！"

"恒槟呢？抓到他没有？"

"抓到了，你好好休息，一切都很好，阿姨也很安全。"杰握住我的手，好暖。

"那就好……"轻微的脑震荡使人头晕目眩，宽了心的我再次睡了过去。

与此同时——

恒槟正戴着手铐坐在拘留所里等待问话。

也许一切冥冥中自有安排。

在我们争执的时候，他慌乱中喝下的酒，竟是一杯隔壁桌点的断片酒。这杯酒让他很快在行驶中失去了驾驶能力。

慌不择路一心逃离的他却不断地踩油门，他的车子在街道上像一匹失控的野马，甩开了身后紧随而来的警察，却一头撞在了路边的花坛上，安全气囊像一朵云似的在车厢内炸开。

街面顿时乱成一片，不少人受惊大叫，也有店面被花坛飞溅出的水泥砸破玻璃，最无辜的就是一个刚从路边发廊走出来的女孩，她才走上街道，就在别人的穷途末路上，猝不及防地失去了生命。

死者已矣，我没有看她的相关资料，更不敢看她的照片。连累到她，是这件事令人难过的结果。我托张警官给死者的家里捐了一大笔钱，搬离了那个小区，尽可能地将这件事从心里抹去。

但是恒槟，却要因为蓄意伤害他人未遂及酒后驾驶致死两项罪名而锒铛入狱了。那些赔偿以及刑事责任，已足够他困扰终生。方大海由于有案底在身，与恒槟一起判了多年的刑期。警察来找我取过几次证供，签了一些文件之后，这件事就彻底平息了。

就算是恶有恶报吧——对我们来说，算是了却了后顾之忧。

那段时间杰为了照顾我，把酒吧歇业了，日夜守在我身边，我们像不曾分开过一样，回到最初的光景，不再像当时那般癫狂，分分合合一场，为我们添了一份平和与从容。再回想起那些年轻气盛、只求风花雪月的日子，简直恍如隔世。我也开始明白，外在条件都是其次的，内心的平静才能真的带来幸福。

而我一直追寻的爱情，也被重新定义了。爱不是一见钟情的心跳，不是醉生梦死的浪漫，更不是惊涛骇浪的激情，这些片刻的美好，转瞬即逝。只有在天长日久里，以真心和耐性去包容你的，才是真爱。

很快我身体恢复得差不多，便催促杰去打理生意，他不放心我独自在家，我干脆陪他一块儿去酒吧。能帮他做点事情感觉竟然很好，有时心血来潮，我也会抱着吉他在酒吧里唱上几首。

不做事的时候，我很喜欢打量那些熙熙攘攘的来客，有独坐一角的落寞，也有热情满溢的相聚。静静地看着他们推杯换盏，或举杯独饮，喜怒哀乐，五味杂陈。猜想在这些不同的表情下，掩盖着怎样的人生。而这些或悲或喜的人们，在一场宿醉之后，到天亮，又恢复平时的状态，像在营中小憩的将士一样，撩开帘子，走向沙场，又是一条好汉。

大家都这么坚强，我还有什么理由好矫情的呢？

在杰的指导下，我学会了调酒，杰很高兴，时常趴在吧台看着我傻笑，喜欢看他傻笑的样子，于是我调得越来越好。

那些五颜六色的酒瓶，在我手里，被调制出深深浅浅的颜色，有缤纷的色相，也有浓郁的口感。怀揣不同心事的人，可以根据心情喝到不同口味的酒，成为我们这家小酒吧的特色。

生活太充实，我几乎忘了上网这件事。从前的网络重度依赖，经过这一次劫难，我不再惧怕孤独，能和身边人真真切切地在一起，比什么都重要。而曾经向往过的那些天崩地裂，也随着梦醒，不再出现于脑海。

但心里总难免会记挂，有一天还是忍不住登录了多日未打开过的直播平台，想看看还有多少人在想念我，却没想到，在我这段销声匿迹的时间里，早已有若干个身怀不同才艺的主播将我代替，打开我的页面，零零散散的粉丝数量犹如退潮一般，往日盛况不复存在。

看着这个惨状，我却笑了。万物更迭，也注定到了我离场的时间。

悄悄退出页面，把玩着杰手上的戒指，他轻抚我的肚子笑着说："这位女士，我以您丈夫的身份通知您，鉴于您目前身怀有孕，调酒事业请先告一段落，在未来的日子里，请将您的生活重心放在保养身体上。"

我笑而不语,静静靠在他怀里。很快家里就要多一个新成员了,想一想真的好期待呢。

"**有希望,有事做,能爱人!**"

- The second stranger -

整容脸也有春天

很多人都读过《丑小鸭》的故事。在故事里，我们为被排挤的丑小鸭愤愤不平，又为最后脱胎换骨的它满怀欣慰。但假如——丑小鸭没有变成白天鹅，恐怕就没有童话流传下来了。丑陋又笨拙的主角，试问谁会喜欢？

丑像宿命，如影随形。

如果有的选，有谁愿意做一辈子的丑小鸭。

刘怡雯出生在一个山村，小小的村子挨着一间国营工厂的子弟学校。班里全是厂职工的子女，一个年级也就十来号人。考虑到县城的学校离家太远，为了上下学方便，刘怡雯从一年级就开始在这座工厂学校读书了。

人只要建立了群体，就很容易拉帮结派。在一帮白白胖胖的孩子们的映衬下，头发焦黄、皮肤黝黑的刘怡雯乍一眼看上去简直像个难民，单眼皮和蒜头鼻这俩一小一大的好兄弟，一起理直气壮地待在她的脸上，小的时候也没顾上矫牙，地包天的齿结构把下颌骨拉得老长，总有人指着她的脸说是鞋拔子脸。当时农村户口可以转城镇户口，转了之后就叫农转非，为了她能和同学们平起平坐，刘妈妈入学前就帮她转了，结果，又多了一顶乡巴佬的帽子。

在班上受了白眼，才知道长相的重要。刘怡雯跑回去搂着妈妈的脖子追问："妈妈妈妈，你为什么把我生得这么丑？"

"哪里丑啦？我雯雯哪里都不丑！"

"同学们都说我难看，我怎么不像你们啊？"

"雯雯和姥姥很像呢，都是丹凤眼。不要理他们，女大十八变，我的乖女儿以后一定会越来越好看的！"妈妈抱起刘怡雯，眼里全是怜爱。是啊，刘怡雯和已经去世的姥姥简直一模一样，隔代遗传，坚定地继承着这个家的基因。

连语文老师都说，刘怡雯哪里都土，就是个名字洋气。那可不，刘怡雯的名字可是刘爸爸起的呢。

爸爸是刘怡雯最佩服的人，尽管他也给了女儿一个同款蒜头鼻。

自家人不怎么谈论过去的事，不过那些老师太喜欢聊八卦了。透过别人的嘴刘怡雯一点点地拼凑出了自己的家庭背景——刘爸爸在城里结过婚，有一个女儿。一次出差来到这个国营工厂，大概是水土不服，他上吐下泻大病了一场，当时在工厂招待所里上班的刘妈妈不辞辛苦地照顾了他好几天，他们就此产生了感情。

刘妈妈有了孩子，刘爸爸净身出了户，把所有财产留给前妻和长女，离开城市来到刘妈妈生活的小山村。妻子不想离开生活了半辈子的地方，他就留了下来。刘爸爸是能力很强的人，天生就是一个做生意的料。孩子出生没多久，就承包了工厂连通县城的来往车辆，早出晚归地开车，妻子卖票，小日子过得相当不错。

那是刘怡雯记忆中最欢乐的时光，每天放学就一溜小跑回家写作业，写完就拿着小板凳坐在大门口，等着爸妈带好吃的回来。刘爸爸有一双会变魔术的手，能从口袋里掏出不一样的小玩意儿，有时候是一根棒棒糖，有时候是一件小玩具，每天都是一个惊喜。家门口有个院子，里面种着时令蔬菜，刘爸爸常一边给菜浇水，一边给女儿讲故事，刘怡雯像个小尾巴似的跟在爸爸身后似懂非懂地听，不用多久就能听见屋内传来"开饭啦！"的呼唤。

爸妈都在身边的时候，刘怡雯是当之无愧的小公主。一只小小的儿童碗，装满了饭菜和宠爱。

然而不是每个公主都有公主命。

刘怡雯十四岁那年，刘爸爸因为一起交通事故高位截瘫了，治疗及后续的护理，即便得到了相应赔偿也花光了家里积蓄。客车的生意也随之被迫停止，刘妈妈为了帮补家用再次出去打工，家里所有开销都要一省再省，尽可能地给刘爸爸买药和护理品。从那时起，刘怡雯成了不折不扣的丑小鸭。

天凉了，就一件羽绒服，两面穿，这面脏了穿那面，擦一擦晒一晒，一个冬天就过去了。羽绒服里的毛衣就省事儿多了，反正罩在里面看不见，一穿两三个月是很正常的事儿。南方的冬天才是真的冷，家里没条件洗澡就只能上厂里的澡堂去洗，每去一次都大动干戈，隔上好久才能洗一次澡，灰黑色的污水顺着胸口流到肚脐眼的画面，刘怡雯一直都记得。

刘妈妈工作太忙，下班了就赶着回来照顾刘爸爸，张罗饭菜。那时候的刘怡雯也有点力气了，就力所能及地给妈妈帮点忙，小小的她很早就学会了煮饭，煮面条，煮疙瘩汤，煮一切可以煮熟的食物，在妈妈不能准时回家的时候喂饱爸爸和自己。

家里日子不好过，学校的日子也不好过。

刘怡雯知道自己不受待见，平时能不说话尽量不说话，没课就赶紧回家，只求安安稳稳把书读完。但其他人却不是这么想的，又都是孩子，谁顾得上别人心里的感受，丑和脏，将她排挤到了集体之外。下课的几分钟，女同学们团团围坐玩起游戏，偶尔有一两个女孩对她发出邀请，也会马上被其他的同学否决。她像一个异类，别别扭扭地存在着，他们都在背后叫她"乡巴佬"，刘怡雯装作听不见，课间休息就埋头在座位上看书，一下课就疾步往家赶，头也不回地逃离那群人。

"在学校离乡巴佬远一点，你听到没有？"送学的家长把小孩拽到一边小声叮嘱，可惜还不够小声，刘怡雯听到了。

"为什么啊？"小孩问。

"乡下人都不洗澡，头发里都有虱子，会传染！"

刘怡雯回头看了一眼，母女俩像看见瘟疫似的拿起书包急匆匆走了。

卧床养病的刘爸爸，看到女儿从学校回来总是垂头丧气，又从来不提上学的事，也猜到了大概。凭借记忆，刘爸爸给刘怡雯讲起了丑小鸭的故事。

"雯雯，你知道为什么天鹅小时候会丑吗，丑到连普通的鸭子都比不上？"

"为什么？"

"因为天鹅知道，它以后会变得很漂亮能飞得很高。野外生存条件那么危险，年纪还小的时候，越少人注意到它越好。"

"那为什么小鸭子要笑它?"

"雯雯,你要记得,**这世界上大部分的人都是浅薄的**。他们并不能看到事物的另外一面,更不能预见丑小鸭将来会蜕变成多好看的天鹅,他们只能看到眼前,肤浅地认定一切。但天鹅不会被他们所影响,天鹅要做的只是安然无恙地成长,等到时机成熟的时候再绽放自己,将那些曾经瞧不起它的人远远抛在后面。"

"嗯……"刘怡雯点了点小脑袋,若有所思。爸爸的这番话,后来在她心底被无数次念起,要坚强,要忍耐,要做不被其他人看扁的白天鹅。

高二那年,班里来了一位转校男生,听说是新上任副厂长的儿子,一来就自带着光环。他的年纪比其他同学稍大一点,成绩也好,在这个一百来号人的学校里,顿时成了风云人物。大男生叫何平,皮肤很白净,鼻梁高个子也高,双眼皮比女孩儿的都好看。

女生们有了崇拜的对象,成天缠着他让他辅导功课。刘怡雯对这位新同学也心生好感,却没有跟他说话的勇气。

有一回全班留校补习,都饿着肚子呢,只盼赶紧结束回家吃饭。何平的笔记做得好,都等着从他的笔记本上抄一点重点内容。何平也很大方,让同学们轮着看,第一排传到最后一排,再从左至右。轮到刘怡雯的时候,后面的女孩一把抢了过去,"你等我抄完了再说!"刘怡雯默不作声,只好继续看书,她也着急啊,爸爸在家里一定也饿了。平时不理不睬就罢了,背后叫乡巴佬当没听到好了，为什么还要这样对我？想着想着，压抑多时的委屈一股脑翻涌上来，眼泪也跟着掉，打湿了面前的课本。

刘怡雯正悄悄抹泪，何平的笔记本被一把扔在面前，抬头一看，何平也站在面前。他笑了笑，露出洁白又整齐的牙："轮到你就是你的，慢慢看，看完再传给下一位同学。"刘怡雯忐忑地接过笔记本，悄悄瞥一眼后座女同学脸色早已铁青，急忙转身，翻看起笔记来。第一次拿着何平的东西，他的字和他的人一样好看。少女的心，从未像此刻这般跳得飞快。

正是情窦初开的年纪，白马王子近在眼前，刘怡雯也不能幸免。

何平来了以后，连女生们平时都逃避的体育课，只要有他在球场，没有人舍得挪开目光。高大挺拔的少年，挥汗如雨的身姿，眼角眉梢都像缀着光一样叫人目眩神迷。也只有这样在人堆里，刘怡雯才敢直视他，不用遮遮掩掩，不用担心被人看到，只一心寻找他的身影，为他的进球悄悄喝一声彩。卑微又热切的期盼，像一阵暖洋洋的微风，把丑小鸭的绒毛也吹起，她第一次跃跃欲试，想要走进人群。

从那时起，刘怡雯就不再急着离开学校了，常倚在教室窗口，看其他人陆续离开学校，直到何平的身影从眼前消失。

有了喜欢的人，就会想为那个人成为更好的人。刘怡雯也开始注意起自己的外貌来，尽量穿得干净些，将头发梳理整齐，干完活第一时间抠掉指甲里的黑泥。不奢望何平也喜欢自己，只求他不至于讨厌自己。

那时候的孩子没什么玩意儿，连电子产品长什么样都不知道。课间没人玩的都喜欢在纸上乱涂乱画来打发时间，写几句歌词，一张纸很快就写满了。

而刘怡雯手下的那张纸，写满了何平的名字。身边有男生追逐打闹而过，一阵风带起这张纸，刘怡雯急忙伸手去拾，坐在她后面的李伟眼疾手快一把夺了过去。

"我的天呀！刘怡雯你也喜欢何平呀哈哈哈哈哈哈！"李伟像只上蹿下跳的猴子，抓住少女深藏的心事，兴奋地四处炫耀。刘怡雯的脸瞬间就红了，伸出手试图抢回那张纸，胡闹起来的男孩们怎么停得下来，你传我，我传你，每个人传阅一遍不说，最后竟传到了何平手里。

何平没有看，将它递给刘怡雯。看热闹的学生们嘘声一片，上课铃如救星，随着老师的脚步声，课堂很快恢复了安静。刘怡雯眼含泪光，将头埋进书本，一手将那张纸紧紧捏住，想捏碎刚才那段糟糕的记忆，被其他人嘲笑可以忍耐，但何平以后会怎么看她？

感觉所有人都在用异样的眼神看自己，一到下课时间她拿起书包就走，一分一秒都不愿多做停留。走到家门口才发现，作业还没有拿。倒霉的事原来真的会约好一起发生，好在学校离家只有十来分钟的步行距离。

如果时光能够倒流，那个傍晚，她一定不回学校。

推开教室大门，赫然看见何平与班长陈媛媛正并肩坐在一起，陈媛媛斜斜地倚在何平胳膊上，两人看起来十分亲密，俨然一对情侣的样子。刘怡雯还顾不上多做思考，下意识转身就走，才掩上教室的门，却听见陈媛媛说："哎，想不到刘怡雯也喜欢你，你可真是个万人迷，连乡巴佬都能迷住。"

"别提了，又丑又土，多看一眼都难受，哪有我们媛媛漂亮。"何平的声音真真切切地从门内传来，每一个字都像一记耳光打在刘怡雯脸上，她咬紧牙关，一溜小跑回了家。所幸家里还有做不完的事等着她，帮妈妈做饭，帮爸爸擦背，再整理衣服，直到写完作业，她平静得像什么都没发生过一样，而确实什么事都没发生。直到躺上床去，才感觉一丝凉意顺着眼眶滑到耳边，是对何平的失望多，还是对自己的失望多，刘怡雯也说不清楚。

那天之后，她又开始早早地离开学校了，不再和其他人说一句无谓的话，连眼神交流都能免则免。她眼里只有手里的书本，像一杆断了把子的雨伞，整日垂着头。本来就是小透明似的存在，也根本没人在意她的变化。

时间是救人的良药，不言不语日复一日，转眼到了高三，每个学生都活在高考前夕的紧张气氛里惶惶不可终日，刘怡雯却轻松了，她已经给自己安排好将来的路——不再读书。她要走出去，离开这个地方，离开这里嘲笑过她的人。她要赚很多很多钱，让妈妈不必日夜操劳，给爸爸用上最好的药。

高考结束的一周后，她将院里的干柴劈了一大堆，码放整齐，把大水缸里的水换上新鲜的井水，老母鸡的干粮也倒进大木箱里以便妈妈随手喂。眼下能做的事都做得差不多了，就该道别了。大学学费对这个家来说的确难以承受，为了给刘爸爸复健，周围的亲戚早已被借了一圈的钱。眼看刘怡雯如此坚决，一番千叮万嘱后，刘爸爸写了一张小纸条塞到了她手里，"这个是你姐姐的名字和住址，如果出了什么事，记得去找她。"刘怡雯低头看，柯涵，这个名字真好听。

于是在别的孩子准备迎接大学生涯的时候，这个尚未年满二十岁的女孩开始安身立命了。

进城之后，刘怡雯按照爸爸的吩咐，在城郊找了个小宾馆住了下来。小小的房间，仅有一张床一张桌，洗手间也是公用的。对于囊中羞涩的刘怡雯来说，有这么个廉价的落脚点，已经很好。

城里的生活费用实在太高，得找个包吃住的工作。可一个高中刚毕业又没有工作经验的女孩，又能做得了什么？连快餐店里的服务员都要求是熟手。出去走走吧，总能想到办法的。

凭借一张地图，刘怡雯用脚丈量了市中心大部分的街道，但凡有店家贴出招工启事就推门进去问，也有不少老板急于用人让她尽快上班。在这些形形色色的店里，最吸引她的是一家发廊。这家发廊装修得很高档，放的音乐也好听，才走到门口就觉着店内店外都干净明亮，叫人心生好感。刘怡雯隔街静静观瞧，看那些垂头丧气进去的人，出来时个个神采飞扬，好看了不止一点。她心动了，就去这里吧，能学到怎么变漂亮也好啊！

原本还在担心自己没有工作经验会被拒收，想不到永远缺人手的发廊，很快就为她办理好入职手续，安排好宿舍，还配发了工作服——黑色的衬衫和垂到脚踝的围裙,看着还不赖,第一次穿这种衣服的刘怡雯在镜子前转了个身。一个崭新的助理发型师(洗头小妹),就要开始迎接工作了。

洗自己头容易,洗别人头却不简单。首先自己得保持干净整洁,接待客人时必须戴口罩防止在沟通时有口水飞溅,指甲也要勤修整,切勿抓伤客人头皮,若客人要求你抓,也要把握好力度。没有客人的时候,就和其他的助理互相洗,琢磨头部的穴位,按摩力度的大小,系统地学习手法。

每天店长都会要求助理们洗头之外还要互相打理造型,顺便练手,以备发型师忙不过来还能帮着做些简单的活儿。当头发第一次被吹风机吹成大波浪,她看着镜子里的自己目瞪口呆,如果眼睛不是那么小,如果鼻梁再高一些,如果下巴再小一点,我也可以很漂亮啊。

此后,刘怡雯非常用心地学起了美妆造型,一空下来就到处找机会练手。工作场所不同学校,同事之间都是一条心,就图个把活儿干好够钟下班,反正都穿工作服也没谁嫌谁这儿啊那儿的。来这里打工的也基本是些苦出身的孩子,彼此之间相处得也还算融洽。她的勤快给了好多人偷懒的机会,时间一长都挺喜欢这个小丫头。

发廊每天来往的人特别多,生意好的时候刘怡雯一天要洗二三十个头,往往是刚忙好这一个,下一个就催促着快去了,长时间泡在水和泡沫里的两只手就脱起了皮,看起来红通通的,擦多少护手霜都没用,十指连心,一洗头就得忍受刺痛。没关系的，万事开头难。刘怡雯为自己打气，她并不沮丧。

店里有统一订餐的盒饭，味道虽不怎么样，好歹也能填饱肚子，早餐是从来不吃的，起床就直接赶去店里。对她来说，有事可干，干得多就赚得多，就是最开心的事。

转眼就过去了半年，刘怡雯的手艺已然十分熟练，无论洗头按摩还是吹头造型，除了不会剪头发，她已是发廊里得力的小助理。几乎每个被她服务过的客人，再次光顾都会点她。而工作最好的一点是，不仅培养技能，还会让一个孩子通过跟不同的人打交道而快速成长。

"雯雯，李小姐来了，快去VIP房间帮她洗头做造型！"店长推开休息室的门对正在吃饭的刘怡雯说。她二话不说放下盒饭，漱了漱口就去了。

李小姐是这里的常客，听店长说花了十几万在发廊里办了最高级别的会员卡，所以每次她来都在单独的VIP房间里享受服务。推开包厢门，她正靠在躺椅上闭目养神，刘怡雯轻轻走了进去。在所有熟客里，李小姐算是跟雯雯闲聊聊得最多的，有钱又有时间，隔天必来洗一次头做个造型。

"抱歉，李小姐，让你久等了！"

"哎呀，可别这么叫我了，怪别扭的，以后你就叫我楚楚姐吧。"李小姐是她见过最好看的人，一笑起来小脸上就会绽放两颗恰到好处的酒窝，看得刘怡雯也目眩神迷。

"好的，楚楚姐，那我们开始吧！"

刘怡雯扶着楚楚在洗头床上躺好，打开水调试温度，将她的长发拢手心，拿起花洒缓缓湿润头皮，接着涂抹洗发水，轻轻揉搓起泡，再借助泡沫的润滑按摩头皮和颈周穴位。这一系列手法刘怡雯早已驾轻就熟，闭着眼都能做，但她给楚楚洗头的时候舍不得闭眼，谁叫楚楚那么好看。

好看到什么程度呢？说无可挑剔一点都不过分。五官像是被画上去的一样精致，大眼睛长睫毛，顾盼生姿，高高的鼻梁显得整个人特别洋气，还有那几乎完美无瑕的皮肤，又白又嫩，简直就是个童话里的公主，这让刘怡雯特别相形见绌，还好有口罩救她一命。

已经给楚楚服务过好几次，透过聊天，她知道楚楚是一个服装品牌的代言人，平时的生意都有员工负责打理，楚楚只需要在上新的时候去拍点儿照片配合宣传。楚楚在网上也有很多追随者，时不时发点儿自拍，在直播里跟人聊聊天就能赚钱，感觉好轻松。除此之外，楚楚还有一个特别疼她的男朋友，朋友圈里一大堆秀恩爱的照片，逢年过节买这个买那个，住的也是大别墅，沙发比刘怡雯的床宽敞多了。

"我要有这么好看就好了。"刘怡把楚楚的照片一张张放大了细细观瞧。

可能是自己的话题聊得差不多了，楚楚今天忽然对刘怡雯产生了兴趣，开始追问起她的背景来。刘怡雯拗不过她的追问，一五一十地讲了自己家里的情况，讲爸爸从什么时候开始卧床不起，讲自己小时候连衣服都没的换洗，忽然想到家里那些劈好的柴火应该早就烧完了，也不知道妈妈有没有时间劈，洗发水浸没她过敏的手指,揪心的刺痛袭来,一滴眼泪毫无征兆地滴在了楚楚脸上。

原本闭目养神享受头部按摩的楚楚眼睛一下瞪得老大,刘怡雯慌神了,赶紧拿起纸巾准备擦拭。谁知楚楚一骨碌坐了起来,自己用毛巾包住头发,一把握住她的肩膀,眼中含泪:"雯雯,你太不容易了,想不到你小小的年纪就已经背负了这么多。"

面对客人突然的情绪爆发,刘怡雯一时不知如何是好,反倒劝起楚楚来:"没事的没事的,楚楚姐,我都习惯了,你快躺下我继续给你洗头。"

"雯雯你把口罩摘下来让我看看你什么样子,这么久了也没见过你长什么样儿。"

说罢还是等不及,一把扯下口罩,细细打量起来。

"嗯……你要开眼角,眼皮还有点松,估计要做个全切。哎呀这鼻子一定要垫。你这个脸盘也得磨,不然拍照没法看。皮肤还不错,黑点儿也挺好,现在就流行这样的,显得健康。"

刘怡雯似懂非懂地听着,任由楚楚在她脸上指点江山。

"雯雯,你去做整形吧!变漂亮了,就会有很多很好的机会,你也不用再在这赚这么一点点钱,你看你手都洗成这样了。女孩子想改变命运就得先改变自己,你听我的没错。"

"什么,整形?"这两个字对刘怡雯来说还很陌生,从前只在电视上听到过。

"对啊,就是整容。你看我,我眼睛做了,鼻子做了,下巴做了,连胸都做了。"

做手术的时候也不疼，都有麻醉，一咬牙就过去了！"

"楚楚姐，你真的……一点都看不出来！"她注视着眼前这张完美的脸，脸上写满羡慕。

"是吧，我跟你说，现在的技术可发达了，连我男朋友都不知道我做过手术。"楚楚对着镜子不断变化着脸的角度欣赏自己，"所以你也要改变自己呀，把自己变美了，以后的路就好走了。"

看着楚楚无可挑剔的五官，刘怡雯心跳得厉害，从不敢设想自己也能变得像她这么漂亮。楚楚说得对啊，女孩子想改变命运就得先改变自己，难道一直在发廊洗头度日？又谈什么赚钱给爸妈过好日子？

想到这里，心就坚定了，"楚楚姐，我想变漂亮，就是不知道做手术要多少钱？"这也是她最大的顾虑。

"你别担心，我帮你联系我做手术的那家医院，我记得他们是支持先整形后付款的，就像贷款一样，你先把手术做了，然后再根据合约每年付一部分钱就行了。好像是这样，你等我回去问问。总之你别担心，这事儿姐姐帮你搞定！"女人都是感性动物，情绪一上来，热血程度不亚于男人。

"谢谢你，楚楚姐。"刘怡雯激动得都不知道说什么好了，只好更用心地帮楚楚洗头做造型。

那天店里的生意很好，一直忙到夜里十二点，回到宿舍的刘怡雯拿起枕下的小镜子愣愣地看着自己，试图还原今天楚楚在她脸上比画过的痕迹，想象自己变好看会怎样。最后睡着了，手还捏着那面镜子。

楚楚是个急性子，隔天就去落实了整容的事。她也说不清楚自己怎么就这么想帮刘怡雯，看到这个丑丑的小姑娘，就像看到了当年的自己。如果当年也有一个这样的人帮一下自己，应该也不用走那么多弯路，苦笑了一下，她推开发廊的门："你想好了吗？"

"我想好了。"这个黄毛丫头眼神坚定。

隔天，楚楚就带着刘怡雯去医院面诊了。

前来面诊的是那个整形医院的院长，姓刘，在业内颇有声望。也是托了楚楚的关系，才能请到最高级别的他来执行手术。刘院长在仔细查看了刘怡雯面部情况之后，提了三个手术方案：重睑术、隆鼻和脸型改造。脸上不同其他部位，手术要分别执行，算上恢复周期需要两个月或以上的时间。

面诊后就签订了手术协议，刘怡雯将在五年内分期还清手术费用，前期款项楚楚二话不说就垫付了。考虑到做完手术还需要人照顾，她又让家里阿姨收拾了一间客房出来让刘怡雯暂住。此时的刘怡雯已经不知道该怎么感谢楚楚才好了，说什么都无法表达她内心的感激。为了迎接接下来的挑战，把发廊的工作也辞了，店长十分舍不得这个勤快姑娘的离开，临走前送了她一张会员卡，表示随时欢迎她回来。

将会员卡放进包的夹层里，刘怡雯也很感激这个给予她重生机会的地方。

一切准备妥当，整形之路就开始了。

刘院长的计划是这样的，手术从恢复时间最长的面部整形开始做，等面部恢复得七七八八再来做鼻子，鼻子恢复到一定时候最后做眼睛，等眼睛恢复完毕，其他部位也该好得差不多了。

在护士的协助下，刘怡雯第一次穿上了手术服，躺在手术台上，全身消毒过后，一针麻醉下去，还来不及问护士手术要做多久就昏睡了过去。毫无知觉之下，她的下颌骨被医生改变了形状，曾经的"鞋拔子脸"，通过人工的改造，变成了小巧的瓜子脸。

两个多小时过去，她整个脸在纱布的层层包裹之下，被推出了手术室，皮肤还在麻醉药的作用下肿胀着，醒来之后的刘怡雯眯着眼睛艰难地看着镜子里像猪头一样的自己，麻醉也差不多失效了，整个脸都随着脉搏起伏而阵痛，她确信了自己不是在做梦。尽管才经历完一场浩劫，但内心的期待正在悄悄萌芽。有希望就有盼头，再痛也不在话下。

楚楚看着大头宝宝一样的刘怡雯扑哧一声笑了。刘怡雯眼泛泪光说不出话，楚楚轻轻拍了拍她的手背："既然迈出了这一步就不要后悔，变漂亮总是没错的。很多明星都是这样过来的，你算轻松的了，才做三项手术呢。别怕，啊。"楚楚的话像是带着镇静剂，刘怡雯听完又再次睡了过去。在医院停留了一夜，楚楚便把她接回了家。

做完脸型改造之后，刘怡雯的嘴根本张不开，只能用吸管吸点儿流食。保姆张阿姨把她照顾得很好，看着刘怡雯一副重伤员的样子，张阿姨也打心眼里疼她，为她熬粥，擦拭身体，定时协助她服药。像照顾自己女儿一样，尽心尽力。

从几乎完全丧失行动力，再到可以满屋子走，挨了两个多礼拜，面部就基本消肿了，人真的是很坚强的物种。紧接着，她再次躺进手术室里接受隆鼻手术。有了第一次的经验，这次的刘怡雯就淡定多了，为了给爸妈带来更好的生活，怎么都要坚持下去。就这样，直到重睑术拆线，过去了三个月的时间。

对刘怡雯来说，这三个月的每一天都是新的。那把小镜子还放在枕头底下，每天睡醒一睁眼，她就拿起镜子看自己的脸。好神奇的改变，脸一天天地消肿变小，鼻梁挺拔得像外国人一样，一双瞳仁正在双眼皮的衬托下眼波流转，她越来越好看了。她开始慢慢意识到，自己这次是真的脱胎换骨了。

楚楚托着刘怡雯的脸看了又看，像看到自己亲手打造的艺术品一样满心欢喜，成就感十足。脸好看了，行头也不能差啊，又翻箱倒柜把她不愿意穿的衣服都掏出来给了刘怡雯，本来就很高挑的身材，随便一装扮，就像换了个人。刘怡雯站在全身镜前打量自己，连眼都不敢眨，生怕眨眼间又变回从前。如果说楚楚的美是一种精雕细琢的俏丽，那么刘怡雯就是风情万种的美艳，黝黑的肤色更添性感。难以置信眼前这个大美人是自己，天啊，太好看了！

丑小鸭终于变成了白天鹅。

随后楚楚把刘怡雯推荐给了一家资源公司，好看的脸蛋永远被市场需要。

经过一番谈判，刘怡雯成了该公司的签约艺人，并同时开通自己的网店、微博等视频类的账号。在助理的指导下开始学习直播化妆宣传品牌，如何发自拍跟粉丝互动，正儿八经地做起了网红。虽然对于这个领域来说，永远不乏美人，但像刘怡雯这样有标志性的还真没几个。

公司团队的人也当然知道，她的辨识度比其他网红脸要高许多，也一鼓作气为她拍了很多不同风格的形象照片。

经过公司的运作，刘怡雯一亮相，果然就吸引了大量的关注。雯雯女神很快被网络接受，她看起来很洋气，谈吐却很朴实，一点也不像其他港台腔的网红脸，有人味儿的女神，无论男生女生都喜欢她。

在她的社交平台上，也没有晒这个晒那个的花式炫耀，刘怡雯没什么可炫耀的，只是发些日常的内容，想不到竟然被网友誉为网红界的一股清流而大受好评。突然被这么多人关注，刘怡雯像打开了另一个世界的大门。从小到大，无论是在学校还是家里，没有好朋友，也没有兄弟姐妹。空闲的时间不是做事就是写作业，她从没试过被这么多热情包围，受宠若惊的她很认真地回复每一位网友的留言，时间久了，她又被称作"最亲民女神"。一辈子都没跟这么多人说过话，现在才发现热热闹闹也挺不错。

在楚楚的指点下，她还悄悄开了一个完全属于自己的网店，卖一些代购的化妆品，随着她的人气暴涨，自己的小店也开始有了流量。

好不容易，工作和生活都走上了正轨，刘怡雯手里的钱开始慢慢多了起来。

还来不及为自己买点什么好东西,第一时间就是往家里汇,有了她的补贴,家里日子总算好过了些,听到妈妈说爸爸用上了进口药,刘怡雯在自己租下的公寓里放声大哭,一切的努力都值了。所有的委屈在那一瞬间尽数爆发,太好了,终于让爸妈过上好日子了。

考虑到爸妈可能一时无法接受整容的事,到了过年实在瞒不下去了再说吧,眼下先把工作做好,没办法,只能自己给自己宽心。拍摄工作已经占据了她大部分的时间,再加上操持网店,一有闲暇时间还得买货发货,她每天都忙得团团转,也来不及深思这些事,总之赚钱为先。

随着曝光量的增加,刘怡雯在网上的知名度越来越高,公关公司也找上了门。她的线下活动也多了起来,今天这里参加一个发布会,明天为那个品牌站一下台,不是这个老总约吃饭,就是那个客户约唱歌。签约之身就得服从公司安排,不想去也得去,公司将刘怡雯当棋子一样使,只要能做到,就有求必应,一切向钱看。初涉这个圈子的刘怡雯哪里知道为自己争取利益,老老实实地在助理的陪同下,一场一场地赴约,从第一次连刀叉都不会拿的农村姑娘,硬是锻炼出了许多男人都不及的酒量。

也知道别人醉翁之意不在酒,刘怡雯始终恪守着底线,工作归工作,应酬归应酬。对方只当她是个不解风情的绝缘体,约了这次不约下次就罢了,反正漂亮姑娘能骚会浪的多了去了。几番应对下来,唯独有一个胡总对刘怡雯还是不依不饶。

胡总快五十岁了，身材却保养得很好。结过婚，又离了婚，听说私生活很精彩，为人也很慷慨。作为广告界的大拿，手里攥着不少大企业客户。刘怡雯所属的公司几乎八成的业务都需要通过胡总的关系，面对如此衣食父母，自然也不敢怠慢，只要胡总来了，必然全力招待。全公司那么多漂亮姑娘，胡总偏偏看上了刘怡雯。

老江湖舍得浪费金钱，却不舍得浪费时间。第一次吃饭，他就单刀直入地对她表示了好感，之后就开始了每周送一大簇玫瑰花，隔三岔五送名牌包和化妆品等礼物攻势。其他的小姑娘看见这些好东西一个个都眼里发了光，艳羡不已。刘怡雯却一件都不要，手一挥，这些大大小小的礼物都被原封不动地退回了发货地址。

助理见势头不对，常在私下给刘怡雯做思想工作："雯雯姐，咱们这样把礼物都退回去，胡总会很没面子哎。"

"如果我收了，又不接受他，他才是真正的没面子。"不属于自己的东西不能要，这个道理刘爸爸很早就跟她讲过。

"那为什么不干脆接受他呢？胡总看着多爷们啊！有钱又有面，多好啊。"

"我们不说这个了行吗？"平时被迫去应酬就算了，怎么这个也要干涉？刘怡雯也是恼。

"好好好，不说了不说了。"

胡总的热情却没有被拒收的礼物给浇灭，真正的高手，反而喜欢挑战有难度的关卡。甲方选择用谁，都靠乙方推荐，胡总就一口气给刘怡雯安排了不少活动。人气高，出场费也不少，公司靠她赚了一大笔。

"雯雯姐，今晚上的庆功宴你可得来啊！胡总说你去他就去，咱们那个财务合同还没和他签呢，你就去吧好不好？"助理摇着刘怡雯的胳膊。连财务合同都搬出来，架不住软磨硬泡，那就去吧。

出来应酬都是这样，说是吃个饭，哪有吃完就散那么简单，这些老总都有花不完的钱，根本不在乎一掷千金。胡总见刘怡雯来了，兴致大好，吃完饭又暗示其他人央刘怡雯一起去唱歌。架不住众人的劝："哎呀，走吧！""难得出来玩玩，给个面子吧。""去嘛去嘛，坐一下再走也不迟！"

无可奈何的刘怡雯在一行人的簇拥下，踏进了本市最好的夜总会。既然称得上最好，装修上当然是做足了功夫。全隔音的包厢，真皮的沙发，在水晶吊灯的点缀下，大气辉煌。酒水和果盘一字排开，满满当当，众人入座，点歌的点歌，玩骰子的玩骰子。刘怡雯被安排坐在胡总身边，略感局促，干脆拿起手机打理店铺。胡总也没说什么，只是在她旁边与别人喝酒，时不时将手搭在她的膝盖上，她想往后缩一缩，发现已经无处可逃了。

坐着坐着，为何耳边声音越来越安静了？抬头才发现，一同过来的几人都已相继消失，连助理都无声无息地走了？硕大的包厢只剩下自己和胡总。

"胡总，他们人呢？"

"他们有事先走了，让我和你单独相处。"胡总已然带着几分醉意。

"这样不太好吧？胡总那我也先走了。"说罢刘怡雯就要起身走人。

"你确定？"这个壮硕的男人一把将她手腕攥住，整个人又被拖了回去。胡总一个翻身将她困在沙发上，眼似猎鹰，直勾勾地盯着她，双臂撑在沙发靠背上，刘怡雯如手到擒来的猎物，在天罗地网中无处可逃。

"你让我走！"越恐惧越愤怒。

"留下来陪我。"胡总的声音低沉而坚决，丝毫不给她拒绝的余地。这不是要求，这是命令。

刘怡雯可不想接受他的命令，再次起身，又被按住。

"你让我走。"她也恼了，没谁喜欢被强迫。

"我给你安排了那么多活儿，怎么，现在火了就想过河拆桥？我也不要你跟我怎么样，今晚好好陪我唱唱歌喝喝酒，就算了。"男人无非是要个面子。

"不了，胡总，我先回去了，改天再陪你唱吧。"刘怡雯非常勉强地挤了一个微笑，脸随即侧过一边，不愿意再看胡总一眼了。她还不知道，男人最受不了这样的轻蔑。

"妈的！给脸不要脸！"眼前一道白光闪过，胡总突然暴怒，甩手就是一个巴掌打在了她脸上。像一个耐性用尽的野兽，他怒目横视："别忘了你们公司还有一大笔钱在外面，我不签字你们有多大的麻烦你知道吗？你连唱个歌都不肯陪我，还想不想在这个圈子里混了？"

面上刺痛的同时嘴里也传来一丝腥味,她一声不吭,毫不犹豫地再次起身离去。

她越不说话,他越光火。

这头被激怒的兽再次将她擒住,一手控制她的身体,一手捏住她的下巴,狠狠地说:"我告诉你,就你这个整容脸有什么好嚣张的,像你这样的女人外面一抓一大把。我能捧红你,也能让你什么都不是,这就是你不识抬举的代价。滚吧!"说罢,他松开了手,人毕竟上了年纪,从震怒到颓然不过一口气的距离,放开了微微颤抖的她。

仓皇摔门而去,一路疾行,钻进了出租车,躲在了浴缸里,用泡沫包裹住身体,在温热的水里闭上眼睛,彻底松了一口气,她手脚冰凉,隐隐作痛。回忆刚才发生的一切,为什么那些人那么有默契逐个离去,为什么连助理都配合着这场戏?

还有谁可以信赖?

这一夜,刘怡雯睡得很不好。她梦到了何平,人生第一个喜欢的人。在梦里,何平和她终于在一起了,他帅气,她也美丽。他们正在烛光下深情对视,班长陈媛媛突然出现拉开窗帘,一道强光射在自己脸上,她像红粉骷髅一样现形,露出了整容前的样子。

何平很生气地离开了,蜡烛从桌上滚落,整间屋子都烧了起来,她坐在当中看火焰逐渐吞噬一切，直到自己……从梦里挣扎着醒来，拿开压在胸口上的枕头，刘怡雯满头大汗。庆幸这只是一场梦，反手一擦脸，马上想起昨夜和胡总在包厢里发生的事，多希望那也只是一场梦。

梳洗过后来到公司，助理早已在办公室里等着她，铁青着一张脸。

"阿雯，胡总那边今天一大早就打来电话说，公司那笔欠款要明年才结。你知道这对公司财务周转的影响有多大吗？"

说真的刘怡雯并不知道，她也无话可说，用沉默回应着质问。

"哦，还有，那边也说了，你上黑名单了，以后任何形式的合作都不会考虑用你。为什么别的网红都能做到的事你做不到？摆什么架子？你知道自己是什么身份吗？因小失大！公司也是拿你没办法！"**人一旦变了脸，真叫一个面目全非。**

"好了，不用说了，我走就是了。"难听的话昨夜已经听了很多，不想再听了，只想快快逃离这个地方，不做任何停留。这里的空气让人窒息，每个人脸上的笑意就像用化妆品装扮出来的一样，一旦失去了利益关系，瞬间卸妆的样子真叫人心寒。

忙了这么久，还有点不太适应这突如其来的自由，去哪儿呢？她漫无目的地走在路上。

不知不觉来到曾经工作过的那条街，还是那个路口，只是当时那个四处张望寻找工作的黄毛丫头已经不复存在。她推开发廊的大门，谁都认不出她。

"洗个头。"躺在了那张熟悉的洗头床上，温热的水从头顶倾泻，星星点点的水滴喷溅在脸上。

"再帮我洗个脸吧。"

"好的。"

被细细拭去了妆容,刘怡雯五官依然明艳动人。她颓然地看着镜子里的脸,还是那面大镜子,只是她不再是她。手术的痕迹早已荡然无存,可所有人都时刻提醒着她整过容。改变自己的容貌有错吗?整容难道是不光彩的事吗?美比丑不是好吗?

在这一刻,刘怡雯失去了答案。

素颜朝天的她往回走,经过小区的公园,望着脚边大片的人工草地,她缓缓蹲下,手指穿过青草直触到地,下过雨的泥土还有些湿润,捏上一小点放在面前闻一闻,真好,大地的气息从未改变。

闭上眼,她假装自己还在那个小山村,耳边没有车来车往,只有鸟叫声响,不用跟人喝酒吃饭,随性在田埂上撒欢,抓一大对蚂蚱,用狗尾巴草串成一串儿,带回家给几只老母鸡丰盛的一餐。好想回家,却也终于知道什么叫没有脸回家。转眼就失业了的刘怡雯就这样在公园里坐了一下午,直到天色渐黑。

回到自己的小公寓,打开电脑,好在所有社交平台和网店都是自己的,与前公司并无瓜葛。有事做,人总不至于沉沦,面对着一堆等待处理的消息,刘怡雯很快忘记了那些不愉快,投入了工作。

谁说没有公司就做不起来呢？独立的网红一样可以过得很不错。

刘怡雯也做到了。

现在的她，反而有更多的时间和精力来维持社交平台的更新和网友互动，同时为网店引流，一边来回奔走代购，张罗发货。

她赤手空拳却拼尽全力。无论去哪儿都戴着口罩，不想露出那张令人惊艳的脸，不想再听到整容二字，刘怡雯用自己的方式工作着，过起了隐士般的生活。赚钱，从来都是她最大的目标和动力。

和其他做代购的女孩子一样，刘怡雯也经常穿行在代购城市的大街小巷，寻找合适的货源和代理商。有时候也为了一件预订货品跑断腿，很辛苦，但这份完全属于自己的事业，做起来也格外有热情。

在她精心的经营下，店铺的生意也越来越好，一个人做所有事，时间完全被排满。这种感觉却令她十分快乐，完全凭自己赚回来的真金白银，每一分都花得踏踏实实。

在去往代购城市的大巴上，刘怡雯从来都不看风景，只一心埋头在手机上处理事情。化妆品的生意难免会有售前询问，产品功效使用方法什么的，都需要简单地讲解一下。碰上难缠的顾客，也会尽量捺着性子去解释，这也是建立店铺与客人信任度很重要的一环。

戴着口罩的刘怡雯，手指在手机上按个不停，旁边的男人好像睡着了，失控的身子在她身上靠了一下,他马上惊醒连声说抱歉。"没事没事。"她点头致意,连眼睛都没离开手机。过了一会儿,旁边的男人下车了。直到自己也即将到站,她才锁起屏幕准备下车。

侧目一瞧,怎么座位上有个钱包。想必是刚才那个人遗落的,打开来看里面竟有不少现金和银行卡,也有一沓名片,但都不是一个人的。

"司机,这里有个钱包,可能是刚才坐车的人掉的。"

"我够钟落班啦,唔好卑我。"

没办法,刘怡雯拿着钱包下了车。

打开钱包细细观瞧,身份证上这个叫张旭的男人,看着还挺精神的,刘怡雯暗自思量。有了名字就把那一沓名片拿出来翻一遍好了,她就坐在路边,一张张地看,终于找到张旭的名片。哦,原来他是个服装公司的总经理。从拨通电话,到他着急忙慌赶过来,已经是一个小时后的事了。

千恩万谢后,张旭执意要请她吃饭,可能是真的饿了,也有可能是张旭本人比照片上帅气很多,刘怡雯破天荒答应了。当她在餐厅里摘下口罩的一瞬间,张旭却失了魂魄。

就这样,他俩认识了。张旭比刘怡雯大五岁,说是含着金汤匙出生一点儿也不过分,家里就他一个儿子,父亲正在培养他接手家族生意,母亲是退休的大学教授。不同于其他的大富之家出来的公子,从小在外留学的他有着别人没有的要强劲儿,什么事都要靠自己,读书的时候勤工俭学,如今接手公司,为了证明自己能比老张（他爸）把企业做得更好，张旭从加入公司就从基层做起。从第一线的销售，到产品的研发设计，大大小小的发布会和门店考察，他必亲自前往，不错过任何一个渗透公司运营的机会。

做生意的人都讲究时效性，张旭很清楚自己想要什么。在看到刘怡雯的第一眼，他就觉得这个令人惊艳却远离尘嚣的女孩非他莫属。

追女孩子需要什么套路吗？不。

张旭没有套路，他没有死缠烂打，他只是拿出了十足的耐心。每次约见刘怡雯之前都先征求她的意见，想吃什么，想去哪里，想干什么？给予充分的尊重后再安排行程。对方如此客气，即使工作已经满负荷的刘怡雯也会尽量抽时间赴约。来到城市这么久，张旭算是第一个走近她的异性。她在他面前，没有任何光环，只是一个普普通通的女孩，做着自己的小生意，听他讲讲外面的事情。

每次二人相聚，她总能从他口中听到许多新奇的事情，他像她的一扇窗，不断地为她抖落不同的风景。阅历丰富的他善于讲，她喜欢听。他像看不见她的美丽一样，眼中毫无觊觎的光，也让她倍感舒适。

吃过许多山珍海味，刘怡雯还是偏爱平贱的食物。她喜欢热气腾腾的麻辣烫，也喜欢烟熏火燎的烧烤，孜然和辣都要放得多多的。张旭便陪着她去吃，吃不了辣的他时常被呛得满头大汗，只为了能被她拿着纸巾擦一擦汗。

有一回相约看戏，剧中有两位女主角，女一号是大美人，女二号相貌平平。

漂亮的女一号带着无可匹敌的主角光环大战各路小人，最后和意中人圆满大结局，丑丑的女二号却窘态百出，极尽搞笑之能事，做了最佳绿叶。节奏很快的爆米花剧，谢幕了，张旭却在叹气。

"现在这个时代，价值观都被这样的作品扭曲了。"

"嗯？怎么这么说？"

"所有人都认为长得好看的就一定会赢，只要长得好，再不努力也没有关系，这就是很大的弊病。"

"你说得没错，但现在就是一个看脸的社会。"刘怡雯想起了上一份工作，眼神黯淡。

影院光线昏暗，张旭并未察觉到她的脸色有变，继续说道："首先，为什么我们会这么想，会有看脸的社会这个概念？就是这些作品和流行文化给大众灌输的，每个人都觉得外表是第一位的，反而忽视了人最重要的内涵与修养，也就是人心。你看这部电影一上映，看过的人又要感叹一遍这果然是一个看脸的社会，只有好看的人才能当人生赢家。但人心不好，怎么仪表堂堂都是假的。"说着说着张旭竟有几分怒色。

"难道你不喜欢好看的人吗？"刘怡雯问。

"一个人的内心才是最重要的，就像你那时候捡到我的钱包，放着自己的事情不去做，用那么长的时间，一张张名片翻出来找我的联系方式，再等到我来。透过这些行为，我能看到你的耐心和善良，这也是我最喜欢你的地方。"

"……"刘怡雯低头不说话,心底的担忧却如释重负了,不知不觉他俩的手已经握在了一起。爱情伴随着电影落幕,拉开了序幕。

跟张旭极其挑剔的前女友相比,刘怡雯实在太好说话了。吃东西随意,去哪里都可以,只要有他在身边,非常容易满足,他觉得自己捡了个宝,珍惜有加之余,恨不能亦步亦趋。

"给我讲讲你小时候的故事好不好?"在一家名为"知春"的小酒吧里,有人正弹着吉他唱着不知名的情歌,气氛柔和又浪漫。幽幽的灯光照在刘怡雯的脸上,遇到高耸的鼻梁,光线被折断,只看得清那半边脸的睫毛忽闪忽闪,张旭的心也跟着起起落落,只要是关于她的都想听。

"我小时候?很普通……家里困难,妈妈忙着上班,爸爸卧床养病。"

"在学校呢,一定有很多男同学喜欢你吧?"真是想想都泛起醋意。

"还真没有……"刘怡雯尴尬地拨弄了一下头发。

"他们怎么这么没眼光,你这么好。"热恋中的张旭痴迷地看着他眼前的女孩。

即使明知撒了一个谎要用更多的谎去填补,而踏上了这条路的刘怡雯,早已无法回头。她顿了顿说:"我小时候脾气很差,谁也不理,还经常和同桌吵架,他们都不怎么喜欢我。"

"可是你现在性格很好啊,真想象不出来你小时候不合群的样子。"张旭难以置信。

"谁没有青春期叛逆的时候呢，懂事以后就好了。现在换你给我讲了！"岔开话题才是上策，难道给他讲自己因为长得难看被其他同学排挤，喜欢过一个男孩子然后被他在背后说自己丑吗？不，这些事，宁愿张旭一辈子也不知道。

"好好好，我讲我讲。"竟然还噘嘴撒娇，真是拿她一点办法都没有。

没有值得分享的过往，刘怡雯很轻松地当着听众，试问哪个男人不享受被心爱的女人仰望，张旭自然也非常乐于当主角。

转眼间二人就相处了一年，那一年，刘怡雯没有回家。她的人走出山村，就像断了线的风筝，谁都够不着她的翅膀，唯一不断的就是大笔大笔寄回去的钱。听妈妈说家里盖了新房子，爸爸的腿脚开始慢慢有了一点知觉，刘怡雯整天脸上都挂着笑。

怎么会不想家呢，她想极了。想家里的一草一木，想吃妈妈做的家常菜，想听爸爸讲的故事，她也有好多故事想和他们讲——她是怎样变得漂亮了，怎样赚到了钱，怎样认识了张旭，怎样获得了幸福。她在等，等张旭跟她一起回家。

在这一年里，得力于楚楚的合作，刘怡雯将网店逐渐扩大了规模，摒弃了原先代购的模式，加大投资规模并与化妆品生产方达成合作，研发自有品牌。随着公司规模越来越大，也聘请了好几位员工，除了还时不时帮忙盯一下客服外，其他的事都有了他人的助力，终于不用再孤军奋战了。

大部分的收入除了给爸妈汇款，更第一时间还清了当时整容的欠款，跟过去的自己切断了最后的联系。

有这份事业，还有这么完美的男朋友，刘怡雯知足了。

一切水到渠成般地顺利，张旭也张罗着带她见父母。这么完美的儿媳妇，父母一定会很满意，他志在必得。中国人谈事喜欢从饭桌上开始，很快他就安排了一顿带媳妇见公婆的饭局。

当天，刘怡雯化了点淡妆，穿橙色连衣裙，由荷叶边点缀裙身，小吊带的设计露出她圆润的肩头，长发扎成一束马尾，踩平底凉鞋，手拿一同色系长款钱包。当她挽着张旭的手臂走进饭店，所有的人都侧目这对俊男美女。

等了一会儿，张爸爸和张妈妈到了。张爸爸是老生意人，多年的商战磨砺，早已修炼出极高的社交本领，一番寒暄后，四人落座，只有张妈妈一直神色凝重地望着刘怡雯，不发一语。

这眼神感觉很熟悉，当年被同学们排挤时的恶劣心情正顺着胸口一点一滴地复苏，像做了坏事的小孩，手心里全是汗，围坐在家人中间的张旭却并没有察觉刘怡雯的不妥。只当是紧张了，拍拍她的肩头暗示她放轻松。

张爸爸看出了端倪，马上说起张旭的童年糗事，说得几个人都喜笑颜开，气氛终于缓和下来。吃着吃着，张妈妈突然问："雯雯，听张旭说你的爸妈都不在市里面，那他们现在在做什么？"

"嗯……"刘怡雯放下筷子，"他们在老家，我爸早年间出了车祸，一直卧床休养，我妈之前在上班，去年开始就专心在家里照顾我爸了。"

"他们靠什么生活？"

"我会给他们打钱。"

"你很能干嘛，听张旭说你还自己开了公司，哪家学校毕业的？"

"我……"

不愧是老师出身，张妈妈的眼神如炬，毫不客气。她与张旭对视一眼，心虚了起来。这的确是个非常现实的落差，无论她现在看起来有多体面，很多东西没有就是没有，无从虚构。张妈妈的问题，划出了一条叫作身家背景的鸿沟正横在她与张旭的面前。

"哎，同志们，这道香焖牛肉是这里的招牌菜，味道可好了，你俩快试试。"张爸爸打断了她们。两个女人低头吃了起来，直到散场也没有再进行交谈。

送别了张爸张妈，张旭和刘怡雯走在车水马龙的大街上，看着女朋友愁眉不展，张旭当然知道是什么原因。"雯雯，我妈人挺好的，就是说话有点直，你别往心里去。"他有些抱歉。

"不会，我没有生她的气啊，阿姨问的也是很正常的，是我不能给她一个满意的答案。"刘怡雯咬着嘴唇，只恨自己不够好。

"怎么会呢，你是我的女朋友，你好不好我说了算。在我心里，你就是全世界最好的。"张旭停下脚步，握紧她的手，"今天是我们第一次见家长，等我忙完这段时间，你还要带我去见你的爸妈。爸妈是长辈，我们尊重他们。但在一起是我们俩的事。答应我不要想那么多，好吗？"

望着眼前一脸诚恳的心上人，刘怡雯所有的焦虑被尽数化解了："嗯，我们一定会在一起的。"

"已经在一起了，我才舍不得放你走呢。"张旭一边说一边轻吻她的手指。

那一夜的绮丽，无法用言语说明。

时值初春，各大化妆品牌都赶着上新，刘怡雯的牌子也研发了桃红色系的春季彩妆，名曰"樱乱情迷"。赶赴日本拍摄宣传片的刘怡雯很快投入了工作。为了赶时间节约成本，一天之内要辗转好几处拍摄。每换一处外景跟着也要换一次妆容和发型，造型师累，她的身体更累。被摆弄的人，不见得就轻松。

这一天怎么都不对，打翻了咖啡，还摔碎了手机屏幕。平时一有空就会联系她的张旭突然没了音讯，刘怡雯心乱如麻，时不时拿起手机查看有无错漏他的只言片语，实在等得焦急了，打过去也无人接听。

到底怎么了？人一旦陷入迫害妄想，可怕的想象在脑中就一个接着一个。

他会不会出了什么事？他会出什么事？有什么事会严重到他没法联系自己？

这一连串的假设都让她害怕到颤抖，只得一边强打精神完成眼下的工作，一边安排助理买好当晚回国的机票。工作做不完可以拖一拖，但男朋友只有一个，此刻的她心急如焚，归心似箭。

回到国内已是深夜,她一出机场便急匆匆赶往张旭住所。按了好一会儿门铃,终于看到张旭睡眼迷蒙的脸。悬着的一颗心放下了,他安然无恙地站在面前,太好了太好了,刘怡雯一把搂住他的脖子,眼角有泪光。

张旭却像被抽走了灵魂一样,浑身僵硬。他不说话,也不碰她,双手松软地垂在身体两边,任由这个喜极而泣的女孩搂着自己。他只是轻轻地推开了她,"有什么话进来再说。"语气冰冷,简直判若两人。

这让刘怡雯感到不安,她坐下了,拿起桌上的瓶装水喝了一口。

张旭坐在她的面前,刻意保持着距离,低着头不看她。半响他才开口——

"我们分手吧。"

刘怡雯又喝了一口水,什么也没说,眼前的男人越发面目模糊,不知道是眼泪还是累出来的重影。

"昨天我妈来跟我谈了很久,我也考虑过了,我们确实不合适。我又正处在事业的上升期,不想为个人的事分心。"

"你告诉我为什么。"她说不出太多的话,仿佛被宣判了死刑,一股深深的无力感将她笼罩了起来。

明明喝了很多水,依然感到喉头干涩,她继续一口接一口地喝着,面无表情地看着眼前这个男人,这个曾经无数遍说爱自己、如今又说我们不合适的恋人。

"雯雯,我什么都知道了。你的脸是整容的,我妈找到了给你做手术的医院，还拿到了你整容前的照片。对不起，我接受不了这样的你。"

最害怕的事情还是发生了，心一沉，声线已颤抖："你当时不是说，外貌不是最重要的吗？"

"是，外貌的确不是最重要的。我不奢求我的女朋友有多好看的脸蛋，我只想要她真实自然地做自己，不要欺骗我、隐瞒我。如果我们在一起，将来要是生了孩子呢？孩子会长什么样？抱得出去吗？我还不得被人笑死？"张旭突然激动起来，愤然看着刘怡雯。

"嗯，你说得对。"刘怡雯喝完瓶里最后一点水，起身离去。

奔走一天，她的脚很痛了，肩膀很酸了，脸上的皮肤更是被化妆品覆盖得透不过气来，头发在汗水的包裹下湿漉漉地缠在她的脖子上，她狼狈不堪，但她不会失态，她曾经是个女神。她反而挺起胸来，像平时出席活动一样，袅袅婷婷地走了。

一路无话，她静静地回了家，打开门，放水，换衣物，卸妆，躺进浴缸。

天快亮了，她一点点陷进浴缸，看着窗外若隐若现的天色，被温热的液体包围着，也许是刚才喝了太多的水，而那些水正从眼睛里一点点地渗出去，她再也绷不住了，失声痛哭。

以什么方式得到，也终将以什么方式失去。

不是没有幻想过跟他的一生一世，自己穿上婚纱的样子，两人的小家要怎么布置，孩子要起什么名字。而这一切，将永远地停留在她的脑海里，再也没有实现的可能。

没了谁，生活都要继续。

第二天，刘怡雯又飞往日本完成未完成的工作。化妆师看着她满眼的红血丝，滴上了特制的眼药水。

独自坐在和张旭去过的酒吧里，那里没有变，依旧灯红酒绿，热闹非凡，变的只是她，不再有他们。当你终于明白什么叫物是人非，心就不再是完整的了。

酒吧的老板是个长发男人，看了看她，递了杯酒过来。

"请你喝，这杯酒叫'忘情水'。"

"嗯？请我？"

"是的，我给你调的。"

刘怡雯端起酒笑了："为什么我就得喝忘情水？"

"像你这么漂亮的女孩儿肯定成天爱来爱去，分分合合的消停不了。但你得搞清楚一件事，男人就像衣服，旧的不去新的不来，永远是下一件最好看，下一个人最适合。"

"下一个人？"她苦笑，摇了摇头。

"不，你什么都可以不信，但一定要信服荷尔蒙的力量。就像春天会开花、秋天会落叶一样，这是大自然的安排，你的心，会属于一个真正懂你的人。"

"是吗，那个人存在吗？"

"当然，不过首先，你得学会等待。"长发老板也举起自己手中的酒，同样的忘情水。

"好。"一饮而尽，酒精热辣辣地钻进喉咙。

正是应了那句情场失意赌场得意，分手之后，网店营业额节节高升。

"欢迎来到可人儿化妆品。请问有什么可以帮到您的？"刘怡雯熟练地复制下这段话，同时应对着好几个咨询的客人。各式各样刁钻的问题，她早已回答得驾轻就熟。

"我前段时间在你们这儿买了一套化妆品，请问可以退货吗？"

"你好，请问有什么使用方面的问题吗？如果拆封了的话，是不能退货的。"开网店，总有很多买了就不合心意的人来退货，很常见。

"我没拆封，也没有质量问题，但就是不想要了。"

"可以的，那麻烦您寄到这个地址，我们在确认货品完好之后会给您打回货款，不过邮费需要您承担。"只要不影响再次销售，店里还是尽量避免与客人发生不必要的纠葛，退货也是很常见的事。

"你好干脆啊，怎么也不问问我为什么不想要了呢？"突然发来这句话，真叫人莫名其妙。

"那……为什么呢？"好奇怪，第一次有人说到这样的话题。

"我是买来送给我女朋友的。她很喜欢你们家的雯雯，我也喜欢，虽然我不敢告诉她。"

"那为什么又不要了呢？"刘怡雯笑了。

"她没有要，还跟我分手了……"

"这样。"看到分手两个字，像被戳到痛处，心紧了一下。

"我本来不想退货的，扔掉又觉得有点可惜，毕竟是雯雯的产品。但放在家里看着看着又总会想起她。"

"那就请尽快寄回来吧。"

"其实是可以接受任何人先行离开的，我能面对，真的。是我忽略了她的感受，没有好好经营这份感情，我根本就不适合恋爱。"

"每个人都有自己的选择吧，就算他们先行离开了，我们能做的，就是接受这一切，继续好好地生活下去。"刘怡雯像在说给对方听，又像是在说给自己听。

"对不起，让你见笑了，我这些小秘密实在是没有人说，平时我还是很酷的！"

"哈哈，能说出来也会轻松一点呢。"

"你有什么想说的吗？我也想听听你的故事。"

刘怡雯顿了一下，也不知是什么鬼使神差，她真的留了一个几乎不用的微信号。

不得不说，负面情绪是需要倾诉和发泄的。不愉快的事是散不去的阴魂，只能在心内徘徊，造成更严重的内伤，假如一口气吐露出去，见了光，多数的阴郁也会魂飞魄散。

在那个人孜孜不倦的鼓动下，刘怡雯的话匣子打开了——从在学校里不受待见，到喜欢何平，后来在发廊洗头的事一口气全讲了。她第一次丢掉了所有包袱，无所顾忌地说着自己的故事。那些深埋在心底的过往，连同那些不为人知的挫败和压抑，像终于等来了释放的机会，一发不可收拾地在指尖流淌而出。

那个人好像也不用睡觉，一直在手机那端倾听着，时不时说一些鼓励的话。听完了刘怡雯的故事他也迫不及待地分享了自己在大学里跟前女友被人群殴的传奇，以及他又是如何跟家人对抗，终于取得胜利成功成为一名职业宅男的血泪史。

他很风趣，什么话题到他嘴里都能变成一个段子，刘怡雯被他逗得笑个不停。

再次看时间的时候，已是凌晨三点。想起明天的工作安排，她定一定神，结束了这场对话。躺上床只觉得神清气爽，这种交流和张旭谈话的感觉完全不同。脱离了现实的所有身份，刘怡雯被释放了，第一次做回了自己，百无禁忌，这感觉真好。

一点点地聊下去，他们也越来越熟了。

退化妆品的小伙子是一名职业玩家兼视频版主。平时大部分的时间都在电脑前玩游戏和解说视频，工作和电脑脱不开关系，所以他大部分的时间都足不出户。他没有告诉刘怡雯自己的名字，却在他的买家资料里留下了真实的收货信息。林宇凡，就是这个人。

刘怡雯对游戏一无所知，林宇凡也对化妆品一窍不通，两个刚刚失恋的人只聊闲天儿。

除了隔行如隔山的工作背景，他们的生活习惯也截然不同。一直以来刘怡雯都过得很随性，想吃就吃，不想吃就不吃，通常一忙就到深夜，作息时间也是颠三倒四。林宇凡却是一个生活很有规律每天必吃三餐的人，见不得这姑娘如此乱来。自打二人相熟，他便责任感加身，提醒她到点吃饭，督促她休息成了他每天必做的事情。

叮铃一声，手机响了。

打开屏幕，是林宇凡的早餐，杂粮煎饼和豆浆，图片上还配了一句话：今天我吃这个，你呢？刘怡雯对着手机笑了，拿起手边的早餐也拍了一张：今天我吃这个。然后就各忙各的，直到下一个饭点再如是重复。

偶尔她忙到错过饭点，只能等到真正吃上饭的时候才回消息。林宇凡也不催，主要是催了也没用，人在江湖身不由己人家挨刀你就挨饿，反正他就是这么笑话刘怡雯的。

"挺大个人了，吃饭还得人提醒，你说你潇洒？"林宇凡不再被失恋所困，满嘴跑火车。

"这不为你的精神生活添砖加瓦吗,多一份责任感是不是感觉自己的小身板又伟岸了一点?"大概是近朱者赤,刘怡雯也开始贫了。

"那确实,我感觉自己现在直起腰来能摸着姚明膝盖。"

"哈哈哈哈哈哈哈哈……"刘怡雯大笑。

林宇凡突然正经了起来:"你平时工作挺辛苦的?"

"没事,我都习惯了。"

"你说这样好不好,要不我们一起出去走走,散散心?"

"嗯?我们?"刘怡雯心跳有些加速。

"嗯,我们。我们各自选一个城市,同时出发,一路保持联系分享见闻,你是我的眼那种云陪游,怎么样是不是很酷炫?要不要试试?"林宇凡也是想起一出是一出。

快速地查看了一下未来几天的工作安排,她答应了他。

经常出差,却没出去旅行过,之前跟张旭在一起,两个人都忙也没顾上出去玩。如此短暂的假期去哪儿好呢?在地图上看了又看。这个在内陆城市长大的女孩,决定去三亚看海。

"我决定了,你去哪儿?"

"一起说?"

"三亚。""内蒙古。"

说完忍俊不禁，天南地北的祖国两端，怎么都没办法擦肩而过了吧。

说到做到，订好机票，择日出行。

自从开始和林宇凡聊天，刘怡雯慢慢将过去的恋情放下了。反而这个卡通头像带来的关心和温暖，更甚于从前。在他俩的交流中，她不再只负责倾听，反而成了话题的中心。

这种真正的贴心感以及接触不到的安全距离，都让她十分轻松。如果说以前的张旭像一扇窗，为她开阔了视野，那么林宇凡的存在更像一道光，照亮她清冷已久的内心世界。

感情的发生其实很微妙，当事人也不一定知道。

飞机尚未降落，机窗外迎接刘怡雯的是一片蔚蓝色的海。之前来这里做过活动，只是还没来得及好好看看便匆匆离去了。这次终于卸下工作，心无旁骛地面对这片碧海蓝天，林宇凡这个提议真不错。想到他，她脸上就不由自主地泛起笑意。可真是个大傻子啊。——没错，这是他俩之间的昵称，她是小傻子，他是大傻子。

飞机停稳，打开手机，他的消息早已在对话框里等待阅读。

"小傻子，我到包头了，现在转机去锡林浩特。你那儿很晒，别忘了全副武装哦！"

"好的，大傻子，我到三亚了，现在去酒店，你一路平安！"

三亚的机场很小，走上一小段就能坐上前往酒店的大巴。车门开启，刘怡雯身披一袭紫色披肩，带着宽檐草帽和墨镜，不紧不慢走进酒店。排队登记入住的人挺多，反正也不赶时间，她给自己倒了一杯黄瓜水，缓缓坐了下来，看着大堂外的海天一色发呆。

正坐着呢，手机响了。

是林宇凡发来的一段语音，点开来就听到他的声音在呼啸的风声中兴奋不已，此刻的他正站在草原里大声呼喊：小傻子，我到草原了，这里已经天黑了，天气很凉快！你听这风声，呜呜呜呜呜哈哈哈哈哈哈……

刘怡雯看着手机笑了起来，怎么有人这么傻。

"大傻子，我到酒店了，我这儿天还亮着呢，你看你看。"

说罢就拍了一张海景图发了过去，很快那边回过来一簇篝火。

"我这准备生火烤肉了，你也快去找东西吃，一会儿我们用食物伤害彼此。"

"没问题，你可不要馋我的海鲜。"

绝对不能输给大傻子，鱼虾蟹摆了满满一桌，难得出来给自己放个假，减肥什么的先扔一边去。等到菜上齐，不急着吃先拍一张过去。

林宇凡永远都是秒回："后悔了。我这儿还在杀羊(┬_┬)我俩换吧！你快过来吃内蒙古血肠！"

随即发来一堆暗红色的肠子，据说里面都是羊血，调味后灌制而成。

"不了吧，自己选的路跪着也要走完，我先吃我的海鲜大餐了。"也不知是真饿了还是为了跟他较劲，说罢刘怡雯果真胃口大开吃了起来，吃着吃着感觉中计了，他明明就是花式鼓励自己多吃一点吧！

为了给另一个人分享更多的风景和体验，两个人都分头忙活开了，一个去骑马，一个就去潜水，一个参加那达慕，一个就去游艇上看海。一大堆照片和视频，替他们分享着天南地北的另一种风景。

三天的行程很快就过去了。

最后一夜，刘怡雯坐在海边，静静地看着大海潮起潮落和躺在蒙古包里看星星的林宇凡说话。

"你觉得人活着是为了什么？我以前觉得是为了父母，想多赚一点儿钱让他们过更好的生活。现在我做到了，但当初的那种喜悦越来越少，你说我是不是麻木不仁了？"

"你是不是很久没回家了？"

"嗯，快两年了。"

"我想如果你能回去一趟，亲眼看看你为他们所做的一切，为他们生活带来的改变，或许就能更切实地体会到自己辛苦工作的意义。"

"你还没说人活着是为了什么呢。"

"对我来说，大概就是一日三餐，能和家人在一起，我力所能及地让他们感到安心，然后等待下一个一日三餐。"

"不觉得这样的生活很无聊吗？"

"跟你说个秘密,我小时候还学过武术呢,当个武林豪杰惩恶扬善一直是我的梦想!现在爸妈年纪大了,我在身边他们就挺高兴的。他们高兴,我也高兴,活着不就图个高兴吗?我觉得这种状态挺好。如果哪天不满意了,我就再换一个状态呗。"

"你这样真好,我已经很久没有陪爸妈吃过饭了。哎,功夫还有吗?"

"有机会给你露两手。喂,我说,你要不就干脆回去一趟?"

"回就回。"犟嘴谁不会啊,刘怡雯摸着自己的脸。

"大傻子。""唉。"

"如果我回去了,爸妈发现我和从前不一样了怎么办?"

"孩子进城了肯定改头换面了啊,这很正常啊!我这才出来三天呢,就黑了一圈,上哪儿说理去。"

"和以前完全不一样了也没问题吗?"

"小傻子,你记住,无论你变成什么样子,那里都是你的家。你出来工作,不就是为了让这个家过得更好一点吗?这个家又怎么会不能接受你的改变呢?家人是这个世界上唯一不会丢弃我们的至亲,更不会因为一点点改变而抛弃我们啊。"

"谢谢你跟我说这么多。"

"天下傻子一家亲,摸摸头,没有你我可能还躲在被窝里流着失恋的泪水呢。"

"唉,早知道不给你退货了。"

两个相隔几千公里的人端着手机低头傻笑。

海风卷着海浪一阵又一阵地在她足边拍打，早已习惯一个人的她在这一刻竟然觉得有些孤单。好不容易建筑起来的层层心防，在林宇凡面前垮塌了，心头微微地颤了一下，像是被人偷走了什么。

"大傻子，我想抱抱你。"

屏幕里出现了一堆拥抱的表情。

"要不，咱俩也一起吃顿饭，吃顿真正的饭？"

刘怡雯也说不清自己怎么了，明明早知道他和她就在一座城市，却从未像此刻一样渴望能坐在他身边，看看他哈哈大笑的样子。

"你确定吗？我很丑哎，你可得做好心理准备。"

"你丑没关系，我瞎。"

"那就——吃！"

"拉钩。"

"上吊。"

旅行果然是乏味生活最好的调节剂，让人暂时忘却自己背负的责任，一心只享用美景与美食，像被一键还原了回到最初最好的状态。

归途中，看着窗外景色一点点熟悉起来，就会有一种被打入凡尘的错觉。眼看要重返人间，刘怡雯的心底，却越发地热切起来。人一旦有了期待，走再远的路也不怕。她要回家，还要和林宇凡吃饭。

约好了见面的日子。

"去知春吧，我很喜欢那家小酒吧，小吃味道也特好。"刘怡雯提议。

想起那晚请她喝忘情水的老板，还记得他说过自己一定能遇到下一个更合适的人，她想和林宇凡一起去那里见见他，看看他又会调什么稀奇古怪的酒出来。

"我还年轻，没去过什么酒吧，你可要罩着我。"

"那你跟紧点儿，别丢了。"

"得嘞！"

见面的前一夜，刘怡雯失眠了。网上说这种情况叫"小学生春游综合征"，就是小朋友第二天要出去玩了，当晚就会兴奋得睡不着。谁能想到已经见过许多大场面的她，第一次为了穿什么衣服聊什么话题而辗转反侧，直到清晨才迷迷糊糊地睡着。

一结束今天的工作，她马上翻遍整个衣柜，千挑万选，最终选了一件连衣裙，还是当年楚楚送她的旧裙子。宽宽大大的，把好身材都挡住。宅男肯定不喜欢太妖艳的女生，只淡淡地抹一层粉底，连眼妆都不画，点上一点粉色唇膏，她尽量以真面目去见他。

收拾妥当，一看时间尚早，不如顺路去发廊去洗个头，吹个直发才够淑女呀。

"洗个头，再吹直。"走进洗头房，负责为她服务的小姑娘正手忙脚乱地做着洗头前的准备工作,一看就是新手啊。

她嫣然一笑:"别着急,我不赶时间。"

小姑娘的手指在她头皮上跳跃着,不太熟练,后颈也抓不稳,跟她自己当年一模一样,手腕上没劲儿。任由小姑娘操作完毕,将她头发用毛巾束起。

小姑娘看着她的脸忍不住感叹:"您真好看!"

刘怡雯笑了笑:"谢谢。"

长发被吹得飞起,刘怡雯闭着眼,构想和林宇凡见面的情景,第一句话该说什么?她要怎么介绍自己?

他看到自己就是雯雯女神会不会很惊讶?

正胡思乱想,林宇凡发来了消息:你要是先到了就等我一会儿啊!我没带钥匙,我妈正给我送呢。抱歉抱歉,对不起对不起,我错了我错了。

面对这么诚恳的道歉,谁舍得生气。推开发廊的大门,她向知春走去。

"没事,我等你。"刘怡雯低头打出这几个字,才按完发送,猛然一股不可抗的力量撞击了身体,手一松,手机飞了出去。重新落回地面的她试图伸手去捡起手机,却发现自己再也抬不起胳膊了。

刘怡雯,女,二十三岁。死于车祸。

– The third stranger –

每颗星球都有一个死宅

我叫林宇凡，男，今年二十五，职业游戏玩家。

我妈给我起名字的时候说是想让我做一个宇宙里最不平凡的人，老太太心挺大，我怎么瞅自己都不是这块料。

古语（我瞎编的）有云，男孩到了二十五，不娶媳妇就炒股。我坦白交代，我一事无成。

从小我就是个人来疯，热血青年特别耐不住空虚寂寞，心里总感觉跟有火在烧着似的，一天到晚都消停不下来。哪儿热闹我就往哪儿凑，哪儿人多我就上哪儿。因为呼噜声太大，堪称课堂纪律的杀手。小打小闹的那叫一个家常便饭，只要有女同学受欺负了，甭管对方是谁，我都乐意出头，路见不平拔刀相助，说的就是我这种豪杰（甩头发）。

我爹是个医生，大家都管他叫林大侠。

提起林大侠，那可是大人物，牛了去了，自小习武，真正武林中人。听别人说我爹还会轻功，飞檐走壁的那种，但他死活也不肯飞给我看。我没继承他的医术，一心只想继承他的武术。

林大侠拗不过我的一颗习武之心，隔三岔五的就领着我在客厅里练武。什么扎马步啊、洪拳啊、擒拿啊……统统学了个一招半式。我可能是小时候喝了太多麦乳精，注意力集中起来很困难，学着学着就想换花样了，没一个能学全了。总的来说架势还是有的，亮个相不成问题。

我平时内心戏挺多，话倒不多，能动手解决的千万别吵吵是我的座右铭。

因为话少，在一帮叽叽喳喳的小孩堆里特别酷炫，很好地保证大侠之子那独树一帜的气质。

常年奋战在江湖的一线，岂有全身而退的道理。而且林大侠的儿子不是那么好当的，装×此也是要付出代价的。

在那个年轻气盛的时代，为了争夺武林盟主的地位，男孩是一定要为难男孩的。

我，林大侠的儿子林宇凡，江湖上名号响当当的人物，不经历一点儿腥风血雨是不可能的。

初三上学期的一个黄昏，我被隔壁班的几个师兄弟围住了。

"你就是林大侠的儿子吧？"带头的大个子问。

"是我，怎么了？"身高是矮了一点，但我气焰高啊。

"听说你会武功？"

"嗯。"谁说会个一招半式不是会？

"那咱们来较量一下！"

男子汉的字典里没有逃跑两个字，我下意识扎起了马步，我爹的教诲犹在耳边"下盘一定要稳"。

很不幸，那一顿切磋（胖揍），并没有激发出我的武术潜能，倒是弄折了我的左手。坐在我爹的自行车后座上，看着断了的胳膊不受控地迎风摆动，我丢掉了男子汉的尊严，号啕大哭，肝肠寸断。

石膏很沉，胳膊疼得也很深刻，在多重的生理痛苦下，像被打通了任督二脉一样，我终于开悟了——我爹是大侠，我却不一定有大侠的命。子承父业那套旧社会的思想必须抛弃，弃武从文，天亮就出发。

所幸断掉的是左手，并不影响我去书中寻找颜如玉。林小侠的名声倒了，林宇凡的三好学生奖状贴起来了。

我爹倒是很高兴，说祸兮福所倚，一点儿都不在乎自己的武功就此失传。我说林大侠高兴得有点儿早，毕竟福兮祸所伏。小侠当不成了，做书呆子也不是我的志愿，直到高中，我终于找到心灵真正的归宿——游戏。

过去不像现在，电子设备样样齐全，走哪儿都有 WiFi，那个时候家里有台台式电脑能插根网线的直接算小康水平。林大侠和林大侠的夫人也就是我妈，为了让我从网吧早日回家，终于抱回了一台笨重的台式电脑，拉起了网线。从此我的屁股就在电脑前生了根，除非吃饭上厕所，否则绝不挪窝。

我玩的第一个游戏是角色扮演类的，每个玩家都能选择不同的人物属性，有魔法值很高身子却很弱的法师，有武力值很高身子也很强壮的武士，还有养神兽给队友贴符报平安的道士，每种人物属性还有性别之分。

我的账号是个武士，一偿少男时代未遂的武侠心愿。

游戏世界和现实社会差不多，弱肉强食，谁厉害谁就是老大。而老大也不是那么好干的，从一级的弱鸡练到好几十级的大人物，完全就是用钱和时间砸出来的。

有很多职业玩家会两个人玩一个号,两班倒,保持24小时在线,不断地打怪攒经验升级,打装备卖现金。显然我这个高中生不具备那么奢侈的条件,学业始终为第一任务,也就只能拿寒暑假来拼了。

看到我一个曾经成天在学校打打闹闹的捣蛋先锋,一下子成了和电脑生死相依的游戏青年,我妈的心情百感交集,十分复杂,常坐在我旁边试图搞清楚我到底在玩什么东西。搞明白之后她又觉得非常无聊,术业有专攻,说真的,你让我去厨房里做顿饭也能要了我的命。

白天玩归玩,晚上还是必须睡觉的,这是医生世家的家规。

一到夜里十一点,我妈就亲手拔网线,侠之大者,杀人于无形,我伟岸的武士形象瞬间掉线,成为江湖上的传说。

也亏得在她严格的控制下,我并没有像其他玩家那样用生命去练级杀boss爆装备。等级嘛,随随便便就好,无论你怎么拼命也干不过人家24小时在线的。装备嘛,组队的时候不至于第一个死掉就好,反正我醉翁之意不在酒。

对哦,那我玩什么?

我聊天!

从小到大没有跟人唠过的嗑,我在游戏里全叨叨出来了。武士形象非常高大壮硕,很多人都起特别酷炫的游戏名,我为了标榜自己的爷们气质自然也不能免俗。

在游戏里的我,身穿大披风,手持大刀,闯过僵尸,砍过蜈蚣,身上带着ID 名字:逐鹿中原の清风,怎么样,是不是很霸气又有点小文艺?但谁能想到,如此阳刚的武士,却有一个碎嘴子的灵魂。

这个游戏对我来说,更像一个聊天软件。只要是在线,旁边有人,我都能聊起来。没完没了的,认识了很多跟我一样的学生,女学生……还建了一个帮派,叫聊天派,每天上线就是一顿聊。反正打怪也挺闷的,我的劲儿都使在嘴上。话题通常都很随机,也想不起什么特别的对话,总之一群干劲十足的青少年在一起,笑点就会变得很低,随便说点什么都有趣。

我才发现自己特么原来是个话痨啊?

按大人的话来说网上就是个虚拟的世界,但对我们来说体验感却比真实世界还要强。动真格的好兄弟,在游戏里跟你一起出生入死,还肯把好装备分给你,那可比打你小报告的同班同学讲义气多了。

在游戏里,玩家之间是可以进行互殴的,被打死的人也会像怪物一样掉出身上的装备。为了避免恶意杀戮,也有非常简单的正义法则。打起来了,先动手的人名字就会变灰,名字一灰别人再来砍你就算正当防卫,而你在倒下的瞬间也会掉下比较多的物件。灰名的人继续杀,就会变成黄名,黄名再杀就会变成红名。到那个时候连安全区的大刀门卫都会砍你,而你身上装备也将掉得片甲不留。需要陶冶(挂机)很长时间的情操才能洗刷自己的罪孽。

人在江湖飘，岂能不挨刀。遇到坏人最好的办法就是以暴制暴，大老爷们，不发挥点武士道的精神那还能叫武士吗？

看见骂街的，我杀。看见抢装备的，我也杀。作为帮派的核心成员，我肩负着守护帮派成员的责任。红名对我来说是家常便饭，走哪儿都容易被削不说，还不能回城采购必备品。但我硬是靠着大家伙的救济和保护，一瓶蓝一瓶红地把我喂大，那段时间里，我领悟了一个成语叫：义薄云天。

大家都很珍惜这份友谊，网络情缘一线牵，退了游戏还聊QQ，聊电话，离得近的也会见面吃个饭啥的，大家都是穷学生，都挺拮据，拿爸妈钱胡吃海塞也不是什么英雄好汉，好在那时候东西也便宜，十来块钱就能吃一顿火锅，现在也想不起那一大锅乱炖是什么味儿了，总之很满足。

为了避免出现网瘾少年学习一落千丈的情况，高三的第一天，我妈说啥也不肯再把网线插上了。挥泪告别一众好友后，我暂别了游戏世界。

高考是黎明前最黑暗的日子，一整年起早摸黑地背题，就为了最后三天的好好表现，争取在成绩上能有个宽大处理。填志愿的时候我一眼就相中了计算机系，寻思能成天和电脑打交道怎么着也不会太无聊。林大侠和林大侠的媳妇是一对非常开明的老两口，只要孩子喜欢的，必然是支持的。估计是他们早已看出我和电脑的深情厚谊，拆不散不如好好撮合撮合，说不定玩出啥高科技，就指着我给林家光宗耀祖了。

奔着脱离高中生涯、顺利踏进大学校园的宏大目标，我像打了鸡血一样，前所未有地认真学习。留得青山在，不愁没游戏玩。千万可不能复读啊，是我当时唯一的心愿。老天诚不负我，背题必有所报，考上了。

踏入校园的第一天，是个大晴天。

离开了生活了十几年的小县城，我可算进了城了。在学校里跟着其他新生一起各个部门办入学手续，领这个那个。垒好了窝，一头倒在架子床上，听着天南地北来的同学说着以前只能在电视里说的方言，一想到从此以后可以自由安排时间，恨不得闻鸡起舞耍套拳。

然而大学生涯并没有我想象中的自由散漫，我以为计算机系就是一人一台电脑随便玩，实际上的确是一人一台电脑，只是你想玩的统统没有，你不想看到的编程和代码却无处不在而已。我以为可以想睡就睡，想起就起，实际上为了一顿热腾腾的早餐，每天早上都得像百米冲刺一样向食堂进发。我痛苦不堪，我憔悴度日，想念家里尘封的电脑，想念老妈的早餐，长使英雄泪满襟。

一入 IT 深似海，回头也望不到岸。

好在生命总是有所寄托的，那个时候开始流行玩枪战类的游戏，尤其是局域网，同一个服务器的人一起玩，特别带劲。如果说第一个游戏是体验江湖腥风血雨和人文情怀的，枪战类的游戏就是完全靠短平快来竞技了，小小的地图区间里，一跑开基本上都散了，只能在保证自己生命的前提下干倒一个是一个。

时不时也会遇到盟友，一起伏击或掩护更带劲。第一视角的游戏页面，玩着玩着就跟身临其境差不多。

那时候网吧从晚上十点开始包夜，只要五块钱，几十平方米的房间里坐满了热血沸腾的小青年，玩到兴奋时大声嚷嚷是常有的事，图的就是一个气氛。网吧里的空气质量跟追着公交车跑步差不多，烟味厕所味泡面味臭脚丫子味完美地融合在一起，叫人神清气爽。不过很神奇的是，只要一打开游戏，所有的外在因素顿时烟消云散，人就像进到另一个世界里，全然忘我。

说良心话大学生涯还是挺好的，至少首次作为一个独立个体，拥有了许多自主权。勤快的话生活质量就能好点，懒惰的话就要学会忍耐。秉持着大丈夫能屈能伸的精神面貌，我在时而充满斗志时而颓唐犯困的状态中来回切换。大学虽大，既然出来念书了，就不能给林大侠的盛名抹黑，自己选的专业跪着也要念完。

对我这个寄情游戏的人来说，做一个成绩优异的好学生可能有点难，做一个循规蹈矩的老实学生还是没问题的，反正不打不闹不旷课。除了周末跟几个同学一块儿上网吧包夜玩会子游戏，平时大家干啥我干啥，老师让干啥就干啥。无惊无险地过了三年。

这三年，学业完成得还算顺利，但试问哪个少男不怀春……

她叫李婧，个子跟我差不多高，一脸的小雀斑，一笑就露出两颗虎牙，扎个马尾辫，走起路来一甩一甩的。计算机系的女孩子非常少，她也不是其中一个。没错，她是隔壁英语系的，经常要来和我们系共用机房。可能是她的马尾辫甩得幅度太大，我对她印象尤其深刻。

大学女生基本上都发育完全了，也有不少特别早熟的。有一句话怎么说的来着？大概意思就是女大学生都喜欢往失足妇女的样子打扮，失足妇女又喜欢打扮成女大学生。李婧班上就种着校花，特别好看的那种，身材还很好，凹凸有致的线条开启了不少青涩少年的性幻想。据说有不少大款在追她，周末放学总有豪车来接啊送的，非常拉风。

李婧跟校花玩得挺好，上下铺的关系。据说刚入学的那天，校花一露面就得到了社会各界的广泛关注，年轻人毕竟还是羞涩，在美人面前怯于流出自己的爱慕之情，于是和她出双入对的李婧就成了无数男同学下手的目标——捎情书。据不完全统计，最高峰时期李婧曾在一天内收到十八封不是写给自己的情书。

我这人有个毛病，很多人喜欢的绝对不上赶着撵着一块追，觉得跌份。换一种说法就是，深藏的自卑，觉着自己没有竞争力，尤其是与诸多同性进行比较的时候，无须进行必输无疑的举动。当其他男生都在讨论校花的美貌时，我的眼睛却随着李婧的马尾辫摆动了起来。

作为一个安分守己的学生，我对李婧的好感还停留在萌芽状态，时不时能在人堆里看到她甩来甩去的马尾辫就感觉挺满足的。就像玩儿游戏一样，最高等级的分数只有一个名额，而你却要为这个名次付出所有心血。我自问匀不过来那么多精力，李婧对我来说，就像一道美丽的风景线，不求握住手心，看过便已足够。

工作的人都说大学生轻松，其实学生也很忙。从早上拥进食堂打饭的那一刻起，这一天都基本上停不下来，稍微有点空闲时间，还得跨院墙瞒老师地去网吧玩会儿游戏才是正经事。

出于对游戏的热爱，保证了我学生生涯的清白，三年来我都过得十分单纯，网吧教室寝室，大门不出，二门不迈，跟大家闺秀差不多。大概是灵魂里热爱着游戏，对其他事物的热情自然也就被消减了，李婧正是其中之一。眼看着其他男同学表白的表白，恋爱的恋爱，我却像个迟迟没有开窍的木头人一样对男女之事无动于衷，冷眼旁观他们咋咋呼呼的恋爱又分手又恋爱又分手。

最后校花被谁追走了我忘了，李婧却过得不怎么好。

校花和李婧在一个寝室里住着，一直处得挺好。女孩子嘛乱七八糟的生活用品挺多的，据说是有一回李婧在寝室里趁四下无人偷偷打开了校花的定型喷雾往头上喷了几下，被同寝室的其他人看到了。之后那个寝室就开始隔三岔五地丢东西，东西丢得也不多，也说不清楚是自己撒哪儿忘了还是真丢，反正英语系那边就传开了。

只要存在社会关系，人和人之间是永远无法停止互相伤害的，伤害的方式

也有所不同。比如你看谁很不爽，讨厌到不行不行的了，忍无可忍时直接拳打脚踢蹬鼻子上脸地一通收拾，让被揍的人受到肉体上的伤害，同时你也消了心头气，算是比较简单直接的方式。就像游戏里的物理攻击一样，快准狠，杀完就跑，从此天涯生死两茫茫。

最怕的就是不说破，像熬制毒药一样，把所有的猜忌、是非、诋毁……放在一锅里不紧不慢地炖，熏得周边所有人都中了毒，认定了一个坏人就群起而恶之。也不当面对峙，全靠背后捕风捉影。

众人需要公敌，不然上哪儿说谁的闲话去。这样的魔性伤害比物理性打击的危害大多了，潜移默化地诛心，杀人于无形之中。

很不幸，无意中被人看到一眼偷用校花化妆品的李婧成了众矢之的。

穷尽我所有的脑细胞也不可能搞明白，为什么女人之间的友谊这么脆弱。明明校花只需要站出来说一句我俩是好朋友我让她用的怎么着之类的话就可以解决的事，她却开始检查起每一件化妆品的分量来，并马上和寝室里其他几个女孩子站到了一条阵线上，一边防备着监督着李婧，一边开足马力向所有认识的人描述她们以为的真相。

班上有个男孩儿是李婧老乡，他成了我了解她所有信息的来源，报酬是请他去网吧包一次夜。

我们一边玩游戏，他一边有一嘴没一嘴地说：李婧是单亲家庭，妈妈很早就跟人跑了，完全靠她爸一个人在工厂里当工人赚钱供她上大学，也是蛮困难的。好在李婧她爸特别宠她，从小到大没受一点儿委屈。情报有限，我就只能了解这么多了，毕竟要一个男孩复述他妈跟他絮叨过的八卦还是蛮困难的一件事。

流言蜚语一旦传开了，话题人物就像带了瘟疫，谁见了都躲，更别提还在一起玩了。曾经和李婧同出同进形影不离的校花，很快换了一个姑娘在身边陪着，照样乐得嘻嘻哈哈。

我们能见面的机会不多，无非也就是机房、走廊、食堂这几个地方。但只要你留心观察，很快就能发现不一样了。李婧被彻底落单了，她的马尾辫甩动的幅度越来越小，一心低着头疾步地走，难以想象她有多烦恼，离了教室回了寝室，面对的还是那帮人。

所幸学校很大，不必参加集体活动的时候，有许多可供藏身的地方。而我也有一双鹰的眼睛——只要戴上眼镜，就没有我找不到的人。很快我就发现形单影只的李婧经常坐在操场旁边的小凳子上看书，那个角落很隐蔽，草也深，晚上常被谈恋爱的同学们占领，一张石凳被磨得又光又亮。

根据我的观察，李婧从食堂打完饭就会直奔那里吃饭，吃完就坐那儿看书，经常会坐到天色暗到啥也看不见为止。又据我观察，李婧吃得很少，时常在六毛钱一份的红烧豆腐和烧茄子之间来回切换。

嗯，这姑娘好养活，我打定了主意。

明知山有虎，偏向虎山行。

踌躇几天之后，我终于蓄满了勇气，带着自己的饭盒一屁股坐在了石凳上，当时李婧就在旁边。在一个校园里晃悠了三年，虽然没说过话，怎么着都混了个脸熟。她看了我一眼，加快了吃饭的速度。

"哎，你慢点，别噎着。"构想了许多开场白，想不到我俩说的第一句话竟然就这么脱口而出。

"那么多地方你为什么非要坐到这里来？"她白了我一眼。

"实不相瞒，在下就是想跟你说说话。"是时候学习一下电影里的耍帅大法了。

"呕！"她干呕了一声端起饭盒起身就要走。

关键时刻，我不能被脸皮这种身外物拖累。

既来之则豁出去之，下意识我就抓住了她胳膊。

"李婧你好，我叫林宇凡，计算机系的。没有别的目的，就是想跟你做个朋友，普通朋友就行，你别走行吗？"

她回头看我，我用尽毕生的演技，流露着"天底下我最无辜"的表情，眼里眨巴的都是楚楚可怜。通过跟林夫人多年来的交战，我深知无论多么冷酷无情的女子，终归是容易心软的。每次央她给我包饺子的时候我也这个熊样，屡试不爽。

别说，看着我那人见犹怜的样子，李婧脸色很快就缓和了，再次坐了下来。

有戏，我心一阵狂喜。

凭借多年在游戏里积攒的聊天经验，不断被我逗得哈哈直笑的李婧很快卸下了防备。开始讲起自己的事来，她也是个直肠子，正愁满肚子委屈无人诉说，噼里啪啦一口气把这段时间怎么受排挤、怎么被同学在背后传闲话的事全跟我说了。

说着说着天就黑了，我俩端着早已吃完的饭盒坐在暮色里，我也看不清她眼里有没有泪，但最后说到她和校花的事情时，声线还是哽咽了。

面对倾诉，其实也没什么话可以接的，除了嗯嗯明白理解之类的捧哏，我非常尊重她话题的主权。挺意外的，真没想到她能跟我说这么多，想必也是憋坏了。

"那你接下来打算怎么办？"

"我不知道能怎么办，除了你都没人听我说话了。"

"要不找班主任谈谈这事儿？"夏夜里的蚊子很猖獗，我穿着球裤的大腿不断地被侵犯。

"班主任都不正眼看我了，估计也传到他那儿去了。唉，我放弃了，反正还有半年，熬过去就好了。"

"我陪你一起熬。"

李婧转过头看了我一眼，头顶的路灯亮了起来，我们越坐越近的身影投射到操场真像一对情侣。

一来二往，后来的她和我就经常在这里约饭了。

从天亮坐到天黑，这张石凳就算是被我俩包场了，其他情侣路过看见我们直瞪眼。李婧的心也是肉做的，看着我大腿上密密麻麻的蚊子包，就差没感动得潸然泪下。皇天不负有心人，终于有一天，她的马尾辫落在了我肩上。

正所谓不抱不知道，一抱吓一跳。

原来搂姑娘的感觉这么好！

李婧的身子非常软，毕竟我也没有接触过其他姑娘，就对比我自己身体而言，女性体质脂肪占比相对较高，所以全身的触感非常松软。

在一次一起在网吧包夜她说熬不住太困了想去小宾馆睡觉之后，我失去了我的童子身。事后尚未等我进行一哭二闹三上吊的索赔程序，她就对我表示了肯定的负责。我靠在她的怀里心满意足地笑了，这样的姑娘，就是让人特别有安全感。

李婧的虎牙露出来的样子像个小狮子，看起来挺凶，其实彪乎乎的。跟我一样喜欢讲义气，她说跟校花玩是因为刚入学的那天，她一个人提着大包小包上寝室，其他同学都像没看见似的，只有校花动手帮她拿了个包。受人恩惠当涌泉相报，从此以后她就对校花特别好了。对此，我很温柔地批评了她："怎么这么容易被感动，万一以后被人拐走怎么办？"

"哦，你说你露个大腿陪我坐操场上说话，是不是就是使的苦肉计？"一边说她一边拧着我的大腿。

"哎哟哎哟姑奶奶我错了！"男子汉大丈夫该认怂时就得认。

挺开心的，我俩都是直肠子，也不瞒着掖着，处得特别轻松。李婧也不嫌我话少，反正她絮叨起来我能哼哼唧唧地应一下表示正在倾听就行了。

通过她的分享，我知道了她那一对同母异父的哥哥和姐姐都分别在哪儿生活，她又是如何侥幸在她爸的强烈要求下被她妈生下来的。还知道了她妈是个很漂亮的女人，号称当地一枝花的那种，她爸就一个老实巴交的工人，老实人不容易，她妈在她三四岁的时候就跟人跑了，然后她爸又是怎么辛辛苦苦把她拉扯大的事。

"家里是真的困难啊，我爸那点工资，我们两个人吃喝拉撒能剩下多少？我头一年大学交学费家里就没存款了。我不抠能行吗？校花那个定型喷雾我是偷着用了，成天看电视上放广告，用了头发有多柔顺油亮的，我就想试试而已啊，谁知道被她们霍霍成这样。唉。"说完李婧用力地把手搭在我胸前，整个人像猫一样舒展开来，说出了心底话的她，感觉特别轻松。我也很高兴，至少能让她在我面前卸下这个包袱。

不像其他男同学有了女朋友之后就被管得死死的，幸运的我并没有因为谈了恋爱就被迫远离游戏世界。反而在我坚持不懈的培养下，李婧也开始玩了起来。

为了照顾她一介女流不喜欢打打杀杀，我开始陪她玩起了一些比较轻松的小游戏。有几个卡通小人在不同的地图里放气球炸对方的啊，有竞速比车技的啊，有棋牌类的啊……总之是她愿意玩的我都陪她玩，她也不挑网吧空气差，只要我俩在一起就行，一碗泡面两个人分着吃，她吃面来我喝汤那种。虽然经常被旁边包夜的兄弟嗤之以鼻说玩这些太幼稚，但我从不生气，吃不着葡萄当然是说葡萄酸了，对待单身人士还是要多给一些爱和宽容的。

到了快毕业的时候，学生男男女女成双入对很常见，老师们也大多睁一只眼闭一只眼不去管了，反正管也管不了，该发生的应该也都发生了。

英语系的人还是不太搭理李婧，不过她也不在乎了，有了男朋友谁还care同学，恰好我也是这么想的，全学校的人都消失也没关系，留下她一个就行。我们没有影响到任何人，也不在乎任何人的感受，尽管偶尔我也能用余光瞥到身后的指指点点。

年轻人都是唱反调艺术家，越是有人叨×叨越耐不住要嘚瑟。我俩在一起没多久之后，为了让李婧享受最高级别的男友待遇，每天我都去她教学楼底下接她。可能是之前指指点点的人太多了，我都没有做出任何反应，那些人就觉得我听力有问题。

那天下午，李婧班上的两个女生就在我身后不到一米处管不住自己的嘴。

"哎，你看，那个就是李婧的男朋友，两个人高调得不得了！"

"就她也有人敢要啊？"

"可能这男的也没什么东西给她偷吧哈哈哈哈哈……"一阵大笑，说话的二人从我身后飘然经过，其中一个还扭头留了一个挑衅的笑脸。

背后怎么叨咕我不管，当面这样泼脏水可不行。我的脑子像瞬间沸腾了一样,嗡地炸开了。

"你俩说谁呢?说话这么臭,吃了屎吗?"

"哎哟喂,你还挺横啊。"一个女生停了下来回头跟我对骂,另一个拉着她正准备走。

我大步上前,走到她俩面前,直勾勾盯着对骂的女生:"什么叫就她也有人要啊?像你这样的猪头脸才没有人要!"

再丑的女孩子也不会允许被人侮辱相貌,她立马抓狂了,伸手就想打我嘴巴子。

林大侠的儿子能是吃素的吗?就算不能完整地耍一套拳法,过个几招还是没问题的。

凭借多年来操纵鼠标练下来的眼疾手快,我一下攥住了她胳膊,还没等继续跟她讲道理,突然觉得眼前一道白光,太阳穴附近一阵剧痛传来,坏了,被偷袭了。

当时情景十分混乱,我单枪匹马在别人地盘上撒野,所幸英语系的男生很少,还有一部分学生留在教室里没出来。那会儿冲出来打我的都是娘子军,有扯头发的,有用书包砸我的,有用唾沫星子啐我的,她们心连着心,手扒棱着手,誓要跟我一决生死。一时间,我的眼前全是口水和长头发,耳边厢只听得李婧的尖叫——"你们别打啦!你们别打啦!你们别打啦!"

她根本闯不进人堆,也没有撕开其他人的力气,我好不容易透过遮挡面部的手肘才看到她的位置，混乱中也不知道被谁推了一把，她后脑勺着地"哎哟"了一声之后就不动弹了。

要不怎么说超级英雄都是在危急时刻爆发的呢？

李婧一摔倒，我浑身的武术细胞在瞬间觉醒了，突然变得力大无穷。一手一个，面前的泼妇们被我接二连三地推开，有一个看不清脸的还在用书敲我脑袋，下意识一个飞踹，硬是把她蹬出去好几米。

由于场面太过混乱，还没等我走到李婧的身边，她已经被闻讯赶来的校内保安抱上车往医务室里送了。我像一个孤胆英雄在落日下望着自己心爱的女人被带走，却无能为力，还来不及惆怅，满脸指甲印的自己也被带走了。

"你很厉害嘛，一个男的单挑十几个女孩子。"教导主任关上办公室的门走了进来。

"……"

我低头不语，打完架才发现身上哪儿哪儿都疼，这帮娘们也是下了狠手掐的。

"影响很不好，被你踹了一脚的女孩子后来阑尾炎都发了。"

"那也是她们先动手的！"我试图据理力争。

"无论怎么样，打架都是不对的，更何况你一个男孩子打女孩子，就是欺负人。"

"老师，明明是她们十几个人欺负我一个。"

"李婧都摔伤了，可能还有点脑震荡。"教导主任直接回避了我的话题，还抛出了一个直接令我崩溃的新话题。

她摔倒的样子马上浮现在眼前，我的心一阵抽紧，在教导主任面前流下了珍贵的男儿泪。所谓苦命鸳鸯，也不过如此了吧，苍天啊，为什么要这样对我们？

"现在，学校考虑到你之前表现良好，决定宽大处理。但犯了的错误一定要承担，李婧在班上的风评不太好我们也不追究了，你打架闹事这个事还是要负责的。记过一次，你可别再闹事，再闹就会直接开除了。"

教导主任露出慈父般的微笑，大概在等待我的忏悔。

我的头沉沉地低了下去，一句话都不想说了，只想快点结束这场对话，赶去医院看看李婧什么情况。教导主任却非常卖力地证明自己是世界上最膈应的存在，宣布完对我的处理之后，他又扔过来一沓信纸，让我写一封诚恳的检讨书才能走。

多希望自己此刻能变成我爹，一个飞檐走壁就出去了，带着心爱的姑娘去一个谁也找不到我们的地方，再也不用看见这些讨厌的人，也不用再受谁的管制。然而幻想再美好也治愈不了惨烈的现状，为了尽快结束这场对话，我耗尽了毕生的文字编辑的功力，疼得龇牙咧嘴地写完了检讨。

教导主任掐灭手里的烟头接了过去，皱着眉头看了好一会儿，挑了几个错别字，才勉强收货放我走了。

等我赶去医院的时候李婧已经在病房里睡着了，旁边坐着她班上的几个班干部，看到我的出现她们马上翻着白眼离开了。

我静静地沐浴着她们的眼白之光，岿然不动地等待着世界重返清静。终于只剩我和李婧两个人了。

此刻，我的女朋友正头裹着纱布神色凝重地在病床上躺着，而我遍体鳞伤衣衫褴褛（T恤被撕破了好几个地方）地坐在她跟前，夕阳西下，饥肠辘辘。还有比我们俩更惨的情侣吗？没有了。

我被全校通报批评的事迹很快传到了林大侠两口子的耳朵里，他二老不远几百里路赶来学校对着我一通长吁短叹思想教育，事后决定举家搬迁至学校附近，鉴于林大侠尚未退休，派我妈先行一步出马。

我被陪读的日子开始了，自由散漫的生活也从此宣告结束了，但值得庆幸的是李婧并没有脑震荡，躺了两天就原地满血复活了，拧我大腿的功力反而大有进步。

有一句话说得特别好：人之初，性本贱。谁都喜欢捏软柿子。

没想到李婧在班上忍气吞声了这么久并没有换来的和平，却在我们热热闹闹肢体接触了一次之后有所改善。也不知道是反思到自己先前行为的过分，还是出于对李婧泼夫男友的顾虑，大多数人连同校花在内，开始对她和颜悦色起来了。

感情不像人体细胞，被破坏了还可以重生。人和人之间脆弱的信任一辈子很有可能只能建立一次。我们都很清楚地知道，这些人永远不可能成为真正的朋友，大家萍水相逢相视一笑就够了，也别提什么同学一场，只想安安稳稳混到毕业。

经此一役，我俩的感情更牢固了。除了分头上课的时间，其余时间几乎都在一起，熄灯前再各自回寝室睡觉。没有非沟通不可的事，跟其他人就不来往了，我的话越来越少了，也觉得没那必要，整那一套套的社交我就嫌烦，也不指望将来出了学校会跟谁混口饭吃。

周末我就带着她回我妈那儿吃饭，我妈不愧是大侠夫人，在第一次见到"未来儿媳"后产生了短时间的缺氧反应后，很快就接受了眼前这个乖巧清秀的女孩。被爸爸带大的李婧有着其他同龄女孩所未掌握的家务技能，做得一手好菜直接俘虏了我妈。

没过几次，就从每周我带她一起回去吃饭，变成每周我带她回去做饭给我们吃了。

不得不说我妈功不可没，有了她的陪读，我的生活质量显著提高了，最重要的是她把家里的电脑也搬了过来，连同李婧自己的笔记本电脑，我们在家就能组一个局域网。我最后的大学生涯就这样在安定、团结、祥和的氛围中结束了。

搬到了没有冬天的南方城市，我妈的老寒腿竟然不药而愈了。这更坚定了她在这里长居的打算，一不做二不休，为了让我以后早点娶媳妇，干脆直接在当地买了一套房。腿脚利落了的老妈在南方过得不要太逍遥自在，每天就盼着天黑去跳广场舞，还参加了一个舞蹈社团。

老年人浪起来一点儿也不比年轻人差，全套穿戴整齐了，还真像那么回事。眼瞅着老伴儿乐不思蜀了，在老家落单的林大侠只能眼巴巴地盼着节假日再来和我们母子团聚。

托老妈的福，别人毕业大包小包打道回府的时候，我却可以直接回家，已经找好当地工作的李婧自然也留了下来。正在所有人都在为了毕业工作争相奔走的时候，我笑而不语地打开了电脑。

游戏不负有心人。

多年来各种游戏玩下来，我留在了一个联盟式的塔防类游戏里。

情有独钟当然是有原因的，这个游戏节奏相对较快，玩起来比枪击类游戏感觉更丰富。5V5的战队竞技模式，一局下来根据当时情况，十几分钟半个小时多点都有，赢了有成就感，输了也没太大的挫败感，再战便是。

在游戏过程中，两队人马要兵分三路去摧毁对方的大型建筑，先毁完的一方为胜。那一瞬间的爆裂，能让我热血沸腾！杀掉对方玩家的也好开心，来一次杀一次，也不会被系统惩罚，痛痛快快地仰天狞笑。埋头苦练之下，技能全开的我在游戏里上蹿下跳欢实极了！

游戏好玩不说，遇上好队友每天在一起打打杀杀的特别带劲，联网的时候还能聊会儿天，时间一久都成了非常好的朋友。就算不幸碰到了传说中那种猪一样的队友，也顾不上其他，直接在语音里互相喷，也是另一幅热闹的景象。

每个玩游戏的人都知道，游戏中有许多不可控的因素，经常会出现一些难以预测的情况。即使是非常娴熟的玩家，也难免有马失前蹄的时候。又或者一个新手的逆天绝杀，过五关斩六将也不是没有的。好多有意思的情景，真想录下来再看几遍。

男子汉大丈夫说干就干。正好李婧在实习，闲置了一台笔记本，我就开始拿她的电脑录我的桌面。值得记录的画面可遇而不可求，只能一直开着挂着玩，最后从中剪辑出我喜欢的段落。第一次可以放松身心尽情地做自己喜欢的事，肯定要尽兴了！

一个人两部电脑，我忙得不可开交！

说实话入了坑就不那么容易出来了，就像我妈对广场舞的迷恋一样。爱上了，就是一辈子的事情。难得我们母子俩心各有所属，虽然没啥可聊的，倒也相安无事，除了每天一起吃饭的时候打个照面，其余时间都在各忙各的。

有工作的李婧就更忙了，平时都在单位宿舍里住，也就只有周末过来待个一天，说是来我家玩，不如说是来我家玩 WiFi，她看手机，我玩电脑，我妈看电视，气氛一片和谐，其乐融融。

没过多久，我妈还是打破了这份宁静。

"你是不是该上班了？"老太太早就看我不爽了。

"嗯嗯嗯，是是是。"我已经不年轻了，不会给出美丽的诺言，点头称是最安全。

"嗯个屁！给个时间，啥时候去上班？"果然姜还是老的辣。

"先找找。"我埋头吃饭。

本来就是嘛,找工作这种事又不是说找就能找着的。我看上别人单位了,别人单位也得看上我啊,这种缘分跟找媳妇没什么两样。大概是我女朋友找得太快了,我妈默认我这方面本领过人吧,anyway,简历先投起来好了。

仗着空白的工作经验、普普通通的大学专业、看完就忘的相貌,我的简历基本上都石沉大海了,迟迟未有人事部给我答复,我妈开始着急了,我心里却美滋滋的,难得今天录到了好几段精彩画面。

人算不如天算,再普通的应届生也有需要劳动力的市场,最终我还是被一家传媒公司的IT部门看中了,实习生没那么多讲究,刚毕业的学生都为混个工作经验,工资给得再低也能靠着父母救济生存下去。公司也不会客气,你要工作经验是吧,那就把所有你能完成的工作都丢给你完成好了,跟被压榨的农民工没什么两样。也不知道那家公司怎么那么不挑,简单的电话面试了一次之后,就通知我上班的时间了。

我妈很高兴,一口气做了满满一桌子菜庆祝我明天上班。

我很沮丧,趁她在做菜的时候把这两天录的视频传上了视频网站。没错,我开始在线分享这些游戏视频了,为了让画面看起来不会太枯燥,我给视频加上了自己的解说。第一人称的分享,特别走心不说,凭借一口不太流利的普通话和胡侃的基本功,其他游戏玩家像中毒了一样一眼就爱上了。随着我更新的内容越来越多,也有不少段落被其他游戏大号转载到其他平台,许多人跟风而来，我游戏视频下面的留言和弹幕就越来越多了。几天没更新就会有不少人在底下催更，跟讨债似的，明明没有收他们一分钱哦。不过被人期待和欢迎，真是一件很不错的事情。有了这些同道中人的鼓励，我制作解说视频的激情正熊熊燃烧。

如果说以前是为了玩而玩，现在则有一部分是为了做视频而玩了。无论哪种，都令我感到非常快乐。

没有办法，还是要去上班的。

也不是不担心工作会影响我玩游戏，赶在报到的前两天，我突击做了几个视频留着备用，按照我平时三天更新一次的频率，勉强还能撑半个来月。

实习生没那么多繁复的入职手续，很快我就领了一台电脑被人事部姐姐带到岗位上去了。像所有大公司的内部结构一样，IT部人不多，等级分层也非常严格。上有做方向统筹的老板，下有执行工作的员工，再下有各种打杂跑腿的实习生。

第一天上班，我就跑了五趟收发室拿了一堆快递（老爷们买起东西来一点也不输好吗！），去了两次咖啡店买回一堆咖啡。大半天下来，IT部到底是做什么工作的还没搞清楚，周边餐饮倒是熟悉了个透。

人不能抱怨工作没有意义，抱怨工作是很容易遭报应的。很快，公司周一例会一结束，其他部门的同事就陆陆续续地抱着电脑来IT了。原来除了开发和维护公司电脑系统之外，我们还肩负了帮其他所有同事修电脑的重大职责。

基于这是我目前唯一熟悉的工作内容，正忙着看股票信息的同事文森对着一个个抱着电脑等待处理的同事指了指我便再也没有吭过一声。

好在许多都是小问题，什么笔记本电脑的电池松了开不了机啊，屏幕旋转了切换不回来啊，登录系统时发现自己账号被锁了啊……我还算都能处理得了。

眼见老板从身边经过，我抬起头期待他会给我一个赞许的眼神，想不到却只看到他绝尘而去的身影。果然，大公司里来来往往这么多人，谁会在意一个老实巴交尽职尽责的实习生呢？

都说工作起来时间过得特别快，其实并不然，那个下午过得特别漫长。平时这个时候我该在线上和几个好友一起杀戮四方了啊，而今却在一堆电脑前无休止地重启。心里一旦有所牵挂，身不由己了，就会特别痛苦。

"可能这就是成年人的生活吧。"我站在晚高峰的地铁人潮里默默地想，环顾四周，有哪个人不是一脸倦意。

为了庆祝我第一天上班的大好日子，我妈又做了一大桌子菜，一边看着我吃一边关切地问："今天上班感觉咋样啊？能干不？"

"能。"能一个字交代的事儿我绝不多说第二个。

"那妈妈就放心了，好了，你慢慢吃，我去跳会儿舞啊。"有组织有纪律的舞蹈社团就是不一样，"哦对了，明天想吃什么？"

我想了想，掏出手机打开今天中午吃过的菜单，选定其中一项把手机递给了我妈。

"红烧鱼块是吧？得嘞。"

放下碗筷,我迫不及待地坐回属于自己的电脑前,打开心爱的游戏加入了对战。才玩了几分钟,手机又响了,我用余光瞥了一眼,是李婧,自己人没事儿,玩完再说。

游戏一眨眼,人间仨小时。迫于明天还要上班的压力和我妈催促我赶紧睡觉再不睡就拔网线的家庭暴力,我无奈地退了游戏。关灯后才想起还没回李婧的消息,眯着眼跟她交代了一句就昏沉沉地睡了过去。

工作的每一天都是痛苦的无限循环,修不完的电脑和买不完的咖啡构成了我白天大部分的事项。

一周下来我已经成为地铁上的一个行尸走肉,我妈做什么好吃的都回不了魂。好在周末有两天可以完全自由支配的时间,我还能踏踏实实做一两个视频。

李婧平时也没什么跟我说话的机会,周末见了我话就特别多。反正她也还像以前那样只图说出来就好了,也不挑,端个小板凳坐在我旁边絮叨这一周工作上的琐事,谁是好人啊谁是坏人吧啦吧啦,而我继续嗯嗯啊啊地回应着。

长此以往,国将不国。人一旦为了自救,没什么事做不出来。本来就是学计算机出身的,破解公司电脑的防护系统简直轻而易举。为了一解相思,我在公司电脑上装了游戏。明明其他同事可以炒股看新闻,我玩个游戏应该不是很过分,反正都各干各的互不干扰,有人路过赶紧切换页面,不耽误给人修电脑就成。哎,还真别说,一旦实现了上班时间玩游戏的梦想,我所有的生存热情都回来了。

就这样，我半工半玩地留了下来。我妈看我状态一天天好了起来也很高兴，在电话里跟林大侠直报喜。

就这样过了两个来月，赶上公司开全员大会，顺便给几位客户爸爸展示一下公司雄厚的实力。

市场部的总监整理了一个要在会上发言的PPT，扔过来让IT部帮着美化页面，虽然这事没什么技术含量，毕竟是大老板盼咐下来的，文森接过了重任干了起来。

到了大会那天，所有人员（除保洁阿姨外）悉数到场，所有线路和投影设备都由我们IT部来布置。因为总监的电脑是台式的，临时准备用文森电脑来讲解PPT，我们的电脑被七零八落地扔在一堆。各个部门的人一瞅都是生面孔，反正这种大场面也没我这个实习生什么事，头一次见这么多漂亮姐姐和点心饮料，不多吃点怎么算见过世面。

会议总是无聊的，各位领导轮番上台发表演说，我刷着朋友圈都快睡着了才轮到市场部总监，挨着我坐的文森猛地一抬头放下手机挺直了腰杆，准备欣赏自己的大作。我永远都忘不了那一幕，在两百来号人的大会上，投影仪是如何清晰地将我两小时前录制的游戏视频播放了出来……有没有搞错啊！竟然插错了电脑！而且我的电脑被破解了公司锁屏系统，一打开页面，视频就开始自动播放起来了，还带着屌炸天的音效，整个会议现场都震惊了。总监助理急忙换下我的电脑将文森的打开,会议继续召开,我继续发呆……

这么折腾了一下,我在公司算出了名了。你想啊,有哪个实习生有这个胆子用公司电脑这么干啊。虽然直属领导从头到尾没跟我说过一句话,但人事部的大姐很快来找我谈话了,什么擅自破坏公司电脑程序,并在工作时间内玩游戏,影响极坏吧啦吧啦说了一大堆,总而言之,我被炒了。

实习生离职手续非常简单,没有合同这个那个的事儿,日结,立刻滚。

当我意识到这一点的时候,一阵狂喜从我全身上下所有的毛孔里渗了出来。他妈的终于不用早起晚归挤地铁了,他妈的终于可以想玩就玩想睡就睡了,他妈的终于不用帮这些人买咖啡了,他妈的终于不用帮这些人修电脑了,他妈的终于可以做自己想做的事了!此刻的我恨不能置身于原始丛林纵情裸奔!

等等,想起了我妈。

还是给老太太做一下心理建设比较好。这种事宜早不宜晚,也顾不得地铁上信号不怎么好了,二话不说马上掏出手机给她发信息——

"妈,我从明天起不用上班了,你记得多煮点饭啊。"

"怎么回事???"想不到在家待着也能挨一记晴天霹雳。

"没啥,你儿子能耐太大了,这个公司接纳不了。"

"你给我说清楚喽!"

感觉说不清楚了,我抬手给她转了一万。

"你儿子有更重要的工作要做，回来再跟你解释啊。"

老太太打字不快，收钱倒是很快，看在钱的面子上她很快接受了我失业的噩耗，继续准备晚饭。趁离家还有一段路，我硬是把自己如何制作游戏讲解视频，如何获得大量同好关注，如何被相关电商看上，如何赚取广告费的前因后果在信息里全部打了出来。这事儿自打我开始工作就一点点在谈了，这段时间越做越顺，所以我怎么都不能停更啊，上班那些破事儿跟这一比就是浮云。

对我妈来说确实有点事发突然，但架不住我解释得清楚，回家也没啥可说的了，直接开饭。我妈也知道我这三拳头打不出一个屁的脾气，就问了两个关键性的问题：这样做广告犯法吗？结账准时吗？

在得到了肯定的答复之后，我妈放下筷子挺严肃地说："妈不懂这个，你得自己好好把握，能赚钱是好事，不过正经工作还是要做的，不然以后这个赚不到了你指啥吃饭？"

我点了点头没有说话，如果所谓的正经工作就是无止境地帮人修电脑处理琐事的话，那我宁愿一辈子都这么不正经下去。

得知我没有再上班的李婧却很平静，大概是早就猜到我也干不长。

在家才过了两天安生日子，老家就来了一票亲戚说是要进城来参观我们的新家恭贺乔迁之喜，七大姑八大姨聚在一起所产生的噪音不亚于农贸市场的早市，好在他们也是风风火火地来，热热闹闹地走，我只是被架出去一起吃了一顿饭而已。

围坐在亲戚堆里，没一个我能交谈的对象不提，他们的话题我听着都闹心，孩子房子票子毫无新意。百无聊赖的我只能埋头刷手机，一条条地发朋友圈。

"五个亲戚等于五百只鸭子。"

"老姨，给我一条生路吧！"

"怎么还不上菜，饿蒙了，陷入痴迷状态。"

"一个小时后回去开黑，谁拦我都不好使！"

"咋还没说完呢，咋这么能唠呢？"

"哎，对了，女朋友马上要过生日了，你们说买点啥好？"

随着我的刷屏，朋友圈里的朋友们也随我一起经历了这场痛苦的饭局，我难受得不行，他们却笑得不行。

我喜欢在朋友圈里跟人互动，感觉特别真实，你一言我一语的很轻松。挺好的，沟通的形式本来就是多种多样的，无论是透过网络还是嘴巴。

在网上好基友的指点下，我给李婧买了一套号称最亲民女神雯雯淘宝店里的化妆品，她不是以前抱怨过家里条件差没用过啥瓶瓶罐罐吗？那就给她添上一大套吧，反正雯雯那么好看，她卖的化妆品一定不会差。趁亲戚们口沫横飞的时候，我默默地输入了支付密码。

然而李婧却没有领情，把我寄到她单位的快递又原封不动地寄回了我家。

咋的？嫌弃啊？也不知道平时是谁用我沐浴露洗脸呢？我发信息问她怎么

回事儿，她说周末过来跟我说。

像以前一样，老妈把她迎进来，我照样玩游戏，她就在旁边小板凳上看我玩。结果她今天特别安静，啥也没絮叨。可能是少了她的人声背景音乐我不太习惯，我被敌方连杀死了两三次。不玩了，我摘下耳机看着她，她也看着我。

"林宇凡，我们分手了啊。"

"为啥啊？"我惊呆了。

"我以前跟你说过啊，你玩游戏没听见吧。单位里有个小伙子一直追我，本来我没答应，最近我慢慢想明白了，有共同语言的，能守在身边的，才是最合适的。"

"你说过吗？"

"对啊，就像现在这样，你边玩我边说的。没听见不怪你，反正你心里只有游戏。"

"我心里有你啊，这不是一直在陪你吗？在一起这么久了，不都这样过来了吗？"

"在一起这么久了就不需要经营和维护了吗？我就应该放弃所有对幸福的期待吗？"

"……"确实疏忽了她的感受，我无言以对。

她话已说完，见我也不再反驳，起身拿起包就走了。

我送她到门口，她像要给我证明点什么似的拨通了一个号码用我从未听过的撒娇嗓音约电话那头的人吃饭。行吧,都做到这个份上了我还能说啥呢,男儿有泪不轻弹,倒是心里一下子就空了,能听见回音的那种。

真正的悲伤都是无声的,还好老妈跳舞去了看不到我的狼狈。我打开冰箱,拿出一袋饺子,煮了满满一锅,倒了一大碟醋,无声无息地吃完了。填满了胃,心还是空的。没关系,我还有游戏,只要进入游戏世界,没什么是忘不掉的。

可能是中了李婧的毒,思维一停顿她的马尾辫就会在眼前甩啊甩。说不想她是不可能的,好不容易玩游戏玩出经济效益了,那些她说过想吃的馆子,想去的旅游景点,我终于有能力实现这些小心愿了,她却不给我为她花钱的机会了。那一大盒化妆品放在书桌上,封面上的雯雯笑靥如花,也不知道是不是在嘲笑这个失去女朋友的直男。

翻来覆去我睡不着觉,失恋的感觉原来这么糟,闭上眼睛就是我们过去的回忆。她一个人坐在操场角落里吃饭的样子,她被人一把推倒在地的样子,和我一起在网吧里玩游戏的样子,说好的会对我负责呢?这些女人太没良心了。

也忘了几天没睡过一个好觉,在老妈拒绝了那套小姑娘用的化妆品之后,我打开了网店。找客服退货吧,丢掉可惜,看着也怪闹心的。

谁知道这个客服也挺闲的,经不住我的循循善诱,聊了一会儿感觉也是个刚失恋的人,给我微信号之后,我俩毫不客气地开始了比惨大会。

平时网上那些兄弟说来说去都是游戏里的事,谁都不会提一个字的风花雪月,那样不酷,出来行走江湖,绝不能为儿女情长牵肠挂肚。

感情关系虽已成为过去，感情还是切实存在的。我像开闸放水一样一股脑把我和李婧的事儿都跟她聊了，她也没掖着把自己因为长得不好看被喜欢的男孩子嫌弃的小秘密也说了。一下没把持住，聊到半夜她才想起明天还有工作要处理结束了此次会谈。

哎，你还真别说，忧郁跟宿便挺像的，即使会不断地催生新的出来，只要能得到合理的释放，不积压于身心，倒也造成不了什么大程度的破坏。小客服挺可爱的，吧啦吧啦把自己的小秘密全说给我听了。同是天涯寂寞人啊，相逢何必曾相识。听到她身世的时候我心都抽抽了，怎么有这么坎坷的女孩子，父亲瘫痪在床，母亲在家照顾，她一人出来打工，还只是个网店客服……在她的面前我不好意思再卖惨了，她的楚楚可怜倒是激发了我的英雄气概。

原来我好这一口。

当时在学校里也是因为李婧被众人排挤我才出手，锄强扶弱是每个男子汉毕生的追求。是真的喜欢，还是因为需要通过这种方式来实现我的情怀，我一时之间也失去了答案。

就这样吧。既聊了则处之，反正我们都一样地寂寞，有那么多无人分享的内心戏需要倾诉。

一日复一日，我们都没有问对方姓甚名谁，她叫我大傻子，而我叫她小傻子。客服的工作很辛苦，她忙着忙着经常不记得吃饭，责任感上身的我开始肩负起了监督她好好吃饭的重任，每一天她都在我的关怀下茁壮成长。

与此同时,老妈的叹气声也越来越响了。原本想好在这买个房让我早点娶个媳妇,谁知道我玩游戏太投入把媳妇都整丢了。

人一旦开始质疑彼此,任何的瑕疵都会被放大。从小到大,除了拔网线老妈也没什么制裁我的手段,迫于无奈,趁五一劳动节,她约上林大侠一起对我进行了深刻的弹劾。

林大侠看见我这个蓬头垢面的熊样,有辱门风,气就不打一处来。我也委屈啊,本来就不出门,洗脸刮胡子给谁看,外表修饰决定精神面貌,想不到堂堂林大侠也会被表面现象所迷惑。

我叹了口气,打开电脑。谁知他一个箭步上来,直接拔掉了电脑电源。

"爸妈跟你说话呢!玩什么玩!"

"……"我低头不语,将手机屏幕开了又关关了又开,小傻子怎么还没回我信息。

"班也不上,觉也不睡,女朋友也跑了,你说你想怎么办?你的人生,你的未来,有什么规划?"

"我这不是在挣钱了吗?"谈规划多浅薄,还是谈钱比较实际。

"光有钱有什么用啊!你现在连基本的社交都没有,成天就一个人窝着,时间一久,我看你要连话都不会说了!"

"那我读书为了工作,工作为了发工资,不就是为了钱吗?我有我自己的生活方式,未来那么长,你们怎么知道我会过得不好?"反问对反问是最佳回答。

"反正你不按正常人的方式生活,就是不对!"林大侠这个红脸唱得不错,批评起我来掷地有声。

没有再接茬，这几句话已经耗尽了我的小宇宙。手机里终于亮起了提示，小傻子发来一张图片，她吃上饭了，真好。

一场说来就来的弹劾持续不了多久，林大侠杀气再重，也架不住得班师回朝去上班。为了让他二老稍微能放点儿心，我开始把所有收入都打给老妈。面对白花花的银子，老太太的心理逐渐从"这钱到底犯不犯法？"成功过渡到"我儿子挺能耐啊，足不出户就能挣这么些"。

为了犒劳我的辛苦，每天变着花样给我做好吃的。果然天下武功,唯钱不破。

慢慢地家里没啥后顾之忧了，在小傻子的陪伴（絮叨）之下我也不太想起李婧了。生活嘛，总是要走回正轨的。与此同时，我的视频解说大业也蓬勃发展了起来。视频网站为了留住我这个优质内容——视频网站需要流量，点击量是可以证明该网站价值的。而作为平台方是无法有那么多心力去构建内容的，所以也很需要像我这样的人来为网站吸引观看人数。

为了让我的内容更加规范化，跟视频网站协商过后，我以"小林解说"作为视频的名称开始在固定的时间段更新，同时他们也将给予我相应的推荐位。强强联手之下，我在游戏界的知名度越来越高了。

紧张刺激的游戏场景对男人的吸引力不亚于一支香奈儿口红对女人的魔力，但说实话有条件能成天泡在游戏里的人并不多。即使是学生也要按时按点滚去上课，旷课的毕竟只是少数。还有那些压力颇大的上班族，像我以前坐班那样，每天能忙里偷闲玩上一会儿已经很奢侈。但这份热血并不会随着年龄的增长和家庭的组建而被磨灭，男人，雄性动物。只要给他一个武器他就想干翻整个地球。

那自己没时间玩怎么办？
看视频解馋哪！

大家都是玩家，电子设备肯定是必备的。我推荐的产品就在不同品牌的鼠标键盘电脑游戏点卡流量等之间来回切换，听说效果还挺好的，客户也是一个接一个地来。

本身就是一个宅男我也不太缺钱，不想伤了看客的感情把视频做得太商业化，我挑选客户也非常谨慎。在决定接这个广告之前，一定会做些功课。这家的货口碑如何，质量如何？可不能因为贪图一时的广告费，做砸了自己的信誉。那些看视频的哥们儿，虽然素不相识，我都把他们当亲人。人家愿意花时间听我在解说里面胡咧咧，就已经给了我天大的面子，万不能坑他们。

为了让解说元素更丰富，除了基础的游戏内容外，我开始加入一些段子和日常的热点话题的互动，还得大量地阅读热门新闻，保证走在资讯的第一线，只有不断地成长才能做出更好的内容，我对此深信不疑。

这样下来我的日常时间就被排满了，大部分时间要玩游戏积累素材，还得准备解说脚本。吃饭的时候就看新闻刷刷热门公众号，经常一忙就到半夜，一大早又被老妈叫起来吃早餐，电脑一开人就精神了，我估摸自己一天也就睡三四个小时吧？身体感觉也没啥不妥，不愧是林大侠的后代，身体素质就是杠杠过硬，在手机里怎么着也算充电几分钟通电几小时的那种级别的。

每天要操心的事儿越来越多，但有一件是我怎么都不会落下的，就是监督小傻子吃饭再在她有空的时候陪她说说话。打心眼里心疼这个小姑娘，还偏偏那么要强，对父母的爱和责任像一根大旗一样插在她心坎上。真好，真孝顺，我真喜欢她，但不是那种喜欢。人的感情何其微妙复杂，男女之情可以说喜欢，发自内心地欣赏也可以说喜欢。她在我的心里，取代了李婧的位置，但我却不想得到她，觉得能这样有一句没一句地胡侃，彼此说说知心话，就是我们之间最好的状态。

听她的描述我们应该在同一座城市里生活，我却不打算见她。从未将话题引入见面的走向。吸取了李婧的教训，我想我根本就是一个不适合谈恋爱的人，我能陷在游戏里一整天，却不可能有一整天陪伴女朋友的时间。无法做一个称职的男友，不如就做一个知心的好友吧。比普通朋友亲密一些，比亲密无间又疏一点。网络给了我俩恰到好处的距离和身心放松的沟通，一切都感觉刚刚好。

人的命运像一条大船，不可能永远一帆风顺。你现在遭遇的一切，大多来源于曾经积攒的结果。即便是林大侠的儿子也不是铁打的，想来我大话撂得也是有点早，自从离开实习生的岗位就开始为游戏世界鞠躬尽瘁的我，身体开始报警了。经常睡着睡着觉得胸口有点闷，把心一横就干脆起来刷手机，妈蛋不知不觉天又亮了，迷迷糊糊眯一会儿又该起来吃早餐了。老妈根本不知道我晚上到底几点躺下的，她只是遵循我家雷打不动的传统"必吃早餐"。

直到有一天我摔倒在饭桌前。

胸闷的感觉像眼耳口鼻被一把捂住，使我无法呼吸。这感觉太不好了，我选择晕过去。

事后据我妈说，当我一米七的伟岸身姿从椅子上滑落，还顺带扯到了桌布，一碗稀饭像洗发水一样糊在我头上。看到此情此景的她惊呆了，凭借医生世家耳濡目染的急救经验赶紧将我放平，扯开衣领子保证我呼吸顺畅的同时拨打了120急救电话。

晕过去的我反而像睡了一场好觉，浑然不觉自己已经被医护人员抬上抬下搬进了医院。等我再次醒来的时候，手背上插着针头儿，老妈正满面愁容地看着我擦眼泪，我说的第一句话让她顿时破涕为笑，哦不，为怒。

"妈，我手机呢？"还没给小傻子回话呢。

"就知道手机！你都心肌炎了！"刀子嘴豆腐心的母亲大人怒目将手机扔了过来。

"嘿嘿，我这不是好好的吗？"我强挤了一个笑脸让她宽心，一边回起了消息。

正巧赶上医生巡视病房，听到我说话动静医生径直走到病床前。跟随他的还有另一个医生，看着一脸青涩估计也是个实习医生，两个表情严肃的白大褂迎面走来，感觉很像电影里的镜头。

"你是林宇凡对吧？"男医生问。

"嗯。"

"你是感冒引起的急性心肌炎，简单地说就是你身体抵抗力下降，感冒病毒不但引发感冒，还游走到了心脏引发炎症。现在你要做的就是配合治疗，然后完全地休息，不准再熬夜，也不准长时间工作。"

"……"竟然是感冒引起的？我看着医生的嘴一张一合陷入了沉思。

"好的好的，医生，我会看好他的，那还有什么要注意的吗？"我妈抢答。

"嗯，您是病人家属吧？您孩子病症不算很严重，发现得早配合治疗以后对身体不会有任何影响。但一定要注意休息，不能出门，切勿劳累，不然后果不堪设想。"医生打量了一下我又问："你是做什么工作的？程序员吗？"

"……"我再次陷入沉默。

想不到我一介堂堂死宅，这回真的要变成死宅了，死在宅子里的那种。

在医院里观察了一天之后，我在老妈的陪同下回家了。谨遵卧床休息的教诲，我硬是躺了一整天。这一整天，除了没有耽误和小傻子聊天，啥都停工了。晚上趁着老妈去跳舞，我才爬起来更新了一个先前准备好的解说视频。受众越大，责任越大，国不可一日无君，我不能到日子不更。操作完所有事，像灰姑娘一样掐着点躺回床，想不到老妈一进屋摸了摸电脑还是热的差点没把我网线给铰了。这可如何是好，要配合治疗就得放弃事业，长此以往，国将不国。

好在平时积累的铁哥们儿多，我在群里通报了暂时退隐江湖的消息后，打开了旗哥的对话框。旗哥是一名中年男子，开着一个烟酒专卖店，请了个小姑娘帮着卖货，自己就成天守在店里玩游戏顺便看店，看他的真人头像长得温文尔雅，也不知是多少年前拍的婚纱照。平时经常组队一起上阵杀敌对彼此也算挺了解的，旗哥为人仗义不说，对游戏的热血绝不亚于我。考虑再三，我决定与他合作。

听说我想跟他合作更新解说视频的旗哥高兴极了，接触这个领域的人对每一段战役都有说不出的难舍难分，录下来配上话再放到网上永流传，简直就跟婚纱照一样隽永。大家都熟，很快我们建立起了分工制度，旗哥负责每周准备一个精彩的视频原件，我负责配上解说词并上传，接了广告的话就再分一部分广告费给他。

爱玩儿的人根本不在乎这个，对于旗哥来说反正也是举手之劳，广告费还是我以死相逼非给不可他才答应。这样一来，我就省去了积累素材的时间，配解说词和上传要不了多久，个把小时足矣。而且还是一周一次，这回身体怎么都负荷得了吧。

事业有了对策，躺在床上静养的我不再辗转反侧了，为了避免着凉再次感冒，初夏时节的家里依然没有开启任何制冷电器。整个白天都是静谧的，唯一响起的声音就是小傻子发来消息的提示音。她像个陀螺一样从未离开过工作，没日没夜地忙碌，曾几何时我像她这样的时候并不觉得有什么，直到现在才切实地体会到这样并不是积累财富,而是透支自己的生命。

真想让她也能放个假,好好过两天像样的日子。

于是我提议,两人分头出发去往不同的城市,沿途分享所见所闻,实现云陪游的目的。

在我的引导下,她果然掉进了圈套,又经我一番鼓吹,她很快安排好了行程,准备暂时放下工作和我一起任性出游一次。无巧不成书,我俩竟各自挑了一南一北的两座城市。她去三亚,我说我去内蒙古。当然我是不会去的。微信朋友圈里几千个好友,又值旅游旺季,随时吆喝一句自然有人给我分享在内蒙古的所见所闻,只要转发一下给小傻子提供精神支持就好了。云陪游,就是这么安全与轻松。

就这样,我躺在床上,陪着她一步步订票订酒店,出门,登机又落地。看着她发来大海的照片和一连串的开心表情,真叫人欣慰。

"要是能和她一起去就好了。"我何尝没有在心里这样默默地想,等病好了,嗯,等我可以自由活动的时候。

陪游累的是人,云陪游累的是心,为了假装自己在草原,我硬是冒着感冒的风险对着最大风力的电扇用最兴奋的声音给她发语音。人与人之间是这样的,老话不是早就说了吗,一个快乐传播开来会变成两个快乐。我用十二分的热忱去鼓舞她,她也一定能放开自己去享受假期。

果不其然,她玩得很尽兴,不仅把当地海鲜吃了个遍,还学潜水,上游艇,整个人状态都翻天覆地了。我真高兴。

在小傻子准备踏上归途的前一夜,她坐在海边跟我说话。我长出了一口气,说谎很累,让一个死宅一边说谎还要一边保持兴奋的状态更累,云陪游终于告了一个段落,为此我给在内蒙古旅行并为我提供素材的朋友发去了一个大大的红包。

忘了话题是怎么提到父母的,听说她已经出来工作两年多一直没有回过家,只是一味地向家里汇钱。看得出她字里行间都是对家的思念,于是我又推了她一把,鼓励她回家看看。不知道她出于什么苦衷不敢回家,她问如果回去以后发现自己变得和以前不一样了家人会不会接受不了。

当时的我正四仰八叉横在床上抠鼻屎,很顺手地把手指上的残留物按在床头的纸巾上,而老妈在沙发上白了我一眼,继续看电视。一家人,血浓于水的亲情,怎么会接受不了呢?

可能是我消除了她的顾虑,让此刻的小傻子特别感动,她提了一个令我措手不及的要求——见面吃个饭。犹豫了片刻之后我答应了,实在找不出拒绝她的理由,也实在是不想拒绝她。好不容易有了一个说说知心话的人,我们都非常珍惜彼此。把我发了炎的心一横,不就是出去吃顿饭吗?大不了我把秋衣秋裤穿出去呗!

要出门,当然得先过我妈这一关。老太太为了防止我偷溜出去着凉,早就把我家钥匙都缴了。擒贼先擒王,思想决定行为,《孙子兵法》真没白看。架不住我可怜巴巴的熊样和一副不吃这顿饭就过不下去了的软磨硬泡，加上经过这段时间的治疗我状态已经好了很多，叮嘱再三，问完我去哪儿吃饭，老妈放行了。

转眼就到了见面的日子，我让老妈帮我在家理了个发（对，万能的母亲大人），刮掉了草长莺飞的胡子。换了一身干净衣服，踏着落日余晖，我出门赴约了。也许是禁闭关了太久，许久没有出门的我，坐在出租车上望着车水马龙的街道，竟然有一种久别重逢的感觉。没过多久，我就到了小傻子指定见面的小酒吧，一看时间还早，我也不急着进去，毕竟酒吧里空气怎么都不及户外，先在酒吧门口的咖啡馆里要了一杯清水。刚坐下，手机就响了，寻思小傻子这么快就到了呢，没想到是我妈。

"孩子啊，妈忘记把钥匙给你了。你是不是在上次跟我说的地方，我来给你送钥匙。"

"不用啦，妈，你安心去跳舞，我先回去的话就在外边等你一会儿呗。"

"不行，你不能着凉，楼道透着风，一吹就感冒！"

实在拗不过，火急火燎的母亲大人已经在过来的路上，匆匆喝一口水起身去会她。

这地方离家倒是不远，她过来也就是十来分钟的事儿，老太太认路难，那会儿天色已经全暗，我得去个亮堂的地方等着才行。走了一小段儿发现有间发廊，歌声响亮，灯火通明，就这吧，我拿起手机给老妈发了个位置就刷起了朋友圈。

如果一切有所预见，就不能叫作意外了，我的闲情逸致在两分钟之后被一声巨响击碎。抬头一看，简直不敢相信眼前所发生的一切。七零八落的车头正在路边花坛边冒烟，驾驶室里的安全气囊尽数打开，里面靠着一个男人，地面一片狼藉，还有一个看不清男女的人躺在地上不省人事。天啊，车祸现场。与此同时手机响了，小傻子说："没事，我等你。"

　　来不及回她，先环顾四周，不知我妈身在何处，蜂拥而至的围观群众很快嗡的一声拥了过来，隐约听到一个中年女人的声音："哎哟，别挤了别挤了，后边还有被车刷倒的老太太没人管哪！"一股强烈的不祥之感袭来，我的心立马跳得跟筛子一样，环顾四周都看不到那个熟悉的身影，一边拼命拨开人群，一边赶紧拨她号码。

　　幸运的是，电话一接通，我就听到了老妈的手机铃声。五感就是这样，此消彼长，我的眼睛虽然高度近视，耳朵却灵得很。

　　也顾不得医生叮嘱过不能剧烈运动，我向铃声传来的方向大步狂奔。啊，没事就好，我长出一口气，老妈正抱着脚脖子坐在路边龇牙咧嘴，上前一把抱住了她，这可是我成年后我们第一次亲密接触。真好，你没事太好了。我见到了一场生死，也见到了危急关头心里只有老妈的自己。

　　"哎，你哭啥呢，我这不好好的吗？前面咋了？出啥事了？刚才人挤人看热闹没站稳把脚给崴了，可能好几天都不能跳舞了！"人家这么感动，她心里只有跳舞！真的很生气好吗？

"没事就好，我们回家。"我扶起她，就像她一次次在家里从床上扶起我一样。

直到回家给老妈敷上冰袋，我才想起还在酒吧等我的小傻子。可是无论我再怎么发消息过去，她都不回了。

也许女孩子的心就是这么脆弱吧，只需要一次爽约就能把你无条件开除。我很失落，但失落并不能挽回小傻子，除了这个微信我完全没有她其他联系方式。

打开了之前退货的网店，所有在线客服都被我问了一遍——

"你好，请问你是小傻子吗？"

"那这个微信号×××××的主人，有人认识吗？"

我像一个无人认领的神经病，被他们很有礼貌地拒绝着，只是没有一个人会再叫我一句大傻子。尽管如此，每天到了饭点，我还是会盯着手机，期待某个头像再次出现。没有，她没有再出现过。

也不是没想过去她的公司找一找，只可惜当时退货的快递单早就被当成垃圾扔掉。

也不是没去过小傻子说过的酒吧，试图能找出一个在等我的女孩，可遗憾的是，我连那个女孩长什么样都不知道。

很好笑，在一起的时候连别人名字都没问过，失去联系了又挖空心思地想要找到她。我努力克制着自己，不断地想起，又不断地被泯灭。时间能杀掉一切，包括这份思念。反正，是她选择的不再联系，反正，我们也只是网友。

自古忠孝难两全，看着眼前嗑着瓜子看电视的老妈，我说服了自己。

后记：林宇凡半年后病愈，后加入视频网站负责渠道，朝九晚五，不再熬夜，周末更新解说视频，并在一年后与同事结婚。

- The fourth stranger -

白手起家做大号

小镇里的最风光，莫过于家庭环境。

屋前屋后就那么几户人家，看起来都风平浪静地过日子，实际上都暗暗较着劲。

姚赛男在这座北方小镇里，是被众人羡慕的。爸爸老姚在镇政府担任要职，妈妈老韩在学校当着老师。说起来也是标准的书香门第，掌上明珠。出生那年刚好赶上计划生育，姚赛男呱呱坠地，一看是个女娃身。双职工家庭岂有超生之理，既来之则养之，赛男，老姚给她起这个名字的时候寄予了厚望。望她读书赛过男孩，能力赛过男孩，巾帼不让须眉。

赛男。

她一笔一画地在纸上写下自己的名字，赛字真的太难写了。

写字好不好看其实不重要，重要的是没人在乎她的字写得怎么样。

老姚的工作很忙，下班了还要赶赴牌局，每天几乎不见踪影。老韩上完课，也总得撵着老姚的牌局去掀桌子，掀完还要大哭一场，再大吵大闹一番。两个人都忙得不可开交，家里脏乱差得简直没地方下脚。多一个小孩，打起仗来总有点碍手碍脚，也没工夫伺候她吃喝拉撒，于是刚到入学年龄的姚赛男就被送到了奶奶家。

好歹是在那个家长大的赛男，多少有些不太情愿就这么被送走，哪怕老韩做的饭菜里面能吃出钢丝球，家里的被子也一股霉味，也比成天对着板着脸说话凶了吧唧的奶奶要强。所幸小镇地方小，两家离得也不咋远，趁着刚放暑假，在桌上留了张字条，就偷偷地溜了回去，正赶上老韩要出门买衣服。

老韩是个十足的服装发烧友，家里的衣服不说堆积如山吧，怎么也有好几大箱子。有句话怎么说的来着，女人的衣柜永远都少一件衣服，而老韩的衣柜可能永远少十几二十件。

女儿虽小，好歹都多了一双手。面对着新款上市和换季打折的促销活动，老韩彻底地迷失了自己，赛男就老老实实坐在服装店里的小板凳上看着老韩拿着一摞摞的衣服迈进试衣间。等了大半天，老韩终于逐件试完，先接受完售货员的赞美，再讨价还价一番，再佯装走人，再在"回来回来卖给你了"的呼唤声中挂着胜利的微笑转身。

在一边看着这些套路不断上演的赛男面无表情。

东北的七八两月，是她最喜欢的季节。小镇太冷了，最低气温能有零下好几十度，大冬天都得裹得严严实实的出门上下学，在没到膝盖的雪地里艰难穿行，走到学校棉袄棉裤都得湿，小脸和小手都冻得通红。不过小孩子都是活力充沛的，打雪仗玩冰块一个个玩得浑身是汗，丝毫感受不到严寒。即使消停了之后再次被冻得哭爹喊娘，也算曾经快乐过。

小镇的冬天特别长，赛男就一直盼望着夏天。热一点没关系，头发总是湿漉漉的粘在脸上也不要紧，总之不冷就行。

除了气温的舒适，夏天的食物也很容易让人满足。一毛钱一个的冰袋儿，最简陋不过的塑料包装，里面放点糖水，冻成一个方块，用牙在袋子上咬破一个小洞，就可以尽情吮吸那冰冰凉甜丝丝的糖水。

想到冰袋儿，守在一堆衣服旁边的赛男狠狠咽起了口水。

"妈，我想吃个冰袋儿。"

"一会儿的，再上那店看看去！"

女人花钱的时候肾上腺素也不太稳定，一旦红了眼，就很难把持住自己。置身于女装海洋里的老韩眼睛里只有那一套套的连衣裙。得抓紧买啊，夏天那么短，穿不了多久，想到这里老韩走得更快了。赛男提着包装袋，小跟班步履跟跄，口水咽了一次又一次。

渴，抓心挠肝的。

不记得咽了多少回口水，老韩终于结束了本次购物行程。像个凯旋的将士，带着战利品意气风发地回家。进屋喝了几口凉水，赛男就走了，老韩还没来得及问她上哪儿，如果她的视线能从衣服上挪开的话。

"上你奶家去啊？"

"嗯。"

没去打牌的老姚，倒是在家的。一把瓜子儿，一杯浓茶，一包烟，电视机一开。老姚能盘着腿在炕上坐上一天，任由老韩在身边走来走去咋咋呼呼，他连头都不抬，练就了一身观自在的好功夫。大概是余光瞥到了赛男，象征性地一问，眼睛依旧死死盯着电视。

迈出家门，赛男突然搞不清楚自己为什么要回来。

白手起家做大号

奶奶是个勤快人，和爷爷一起张罗了一个废品收购站。村里附近的工厂有了废铜烂铁，她就拎个麻袋好几十斤也照扛回来。当人被生活逼到一定程度的时候，即使是柔弱矮小的身板，也能爆发出令人惊叹的刚强。除了张罗废品收购站的营生，农村地方大，奶奶家还有个偌大的院子，种着蔬菜瓜果，养着家禽和小狗。爷爷身体不太好，平时就在家浇菜除草喂牲口，自己却喂不了自己，一日三餐都得奶奶准备，相比起老姚和老韩，奶奶的忙才是真的忙。

时间一久，赛男也不觉得奶奶凶了。

奶奶家挺偏，没有小伙伴儿一起玩。但奶奶的孩子们在家里留下了很多书，漫长的暑假，赛男就趴在书架边上捧着那些死沉死沉的世界名著，似懂非懂地翻，看狄更斯的《雾都孤儿》，看《傲慢与偏见》，看《红与黑》……看不看得懂是一回事，总之时间就这么被一排排的字给打发了。

奶奶这一辈子生了两儿两女，她说老天爷挺公平，既然是四个就要均匀分配两个聪明的，两个特别笨。说笨的是老大老姚和老三三姑，一辈子循规蹈矩，读书、工作、结婚、生子，智商不够规矩凑，只能过过寻常人的日子。

说聪明的是二叔和小姑，特别淘，也不肯好好念书。原本成绩很好的二叔在高三之际和同班的姑娘好上了，成绩一落千丈，自然也考砸了。奶奶为了逼他一把说：你要是复读了再考不好我们老姚家就没你这个人。谁知道二叔还真就不考了，把笔一撂去了工地，虽然现在也混上了工头，三五杯小酒落肚一说起当年的初恋，总免不了被媳妇一顿掐。

小姑就更不让人省心了，初中毕业之后考上了卫校。读了几天就被学校里的人体器官啥的吓得连滚带爬地往家跑，说啥也不肯上学了。嗖的一声嫁人，又嗖的一声离婚，把孩子往夫家一扔，从此去了南方，听说后来成了个作家，还出了几本书，只有过年才在家露个面。

东北的年是最热闹的，兄弟姐妹都来了。奶奶把前后院都收拾出来，一大家子人要住哪，还得张罗吃喝。本该结束所有营生好好歇几天的年假，却成了奶奶最忙最累的年关。

有一年老姚一家住在东院，门外挨着就是稻田。老韩洗完脸往屋走，一抬头看见一个男的正蹲在屋里不知道在掏啥。老韩人送外号"韩大鼻涕"，哭啊喊啊的是看家本领，嗷一嗓子就叫开了，抱头鼠窜。奶奶听见动静二话没说，提着一根铁棍就去了，人早被吓跑了。从此在赛男心里，奶奶就是条顶天立地的汉子。

和其他人家的年夜饭不一样的是，老姚家整个一鸦雀无声，除了三姑父和他的亲闺女在桌上划拳喝酒的动静，基本上听不到家人闲话家常嘘寒问暖的对话。

老姚和二叔彼此瞧不上，一个嫌另一个在外边浪没出息，一个嫌另一个一辈子小农思想没救了，哥俩无视着彼此，你说话我就闭嘴，你喝酒我就吃菜，反正也就吃顿年夜饭，第二天就散了。

老姚家的人都不咋爱吃肉，在炕上满满当当的一桌子年夜饭，大家伙埋头把土豆炖豆角里的豆角和粉条炖五花肉里的大白菜都捞得干干净净，剩下的肉爷爷奶奶和赛男要吃上好几天。

之后的赛男特别讨厌吃肉。

就这样，赛男在这个家里落了户，在奶奶的主持下，她也算过得衣食无忧，整齐干净。尽管都各忙各的，也没什么时间沟通感情。但谁真正对自己好，赛男心里跟明镜似的。

一升初中，孩子就去住校了。

学校的伙食不咋的，赛男却吃得挺欢。每个周二食堂都做土豆炖大白菜，连个肉末都没有，淋上奶奶做的辣椒油，就是天底下最棒的美味。放假了回去，再把这道菜吃上一两个月也不嫌腻。土豆的软糯，大白菜的爽脆，两种口感在嘴里交融，汤汁拌上饭，真叫人越吃越欢。

相比起老姚，老韩的存在感还是挺高的，一吵架就往婆家跑，哭哭啼啼再骂骂咧咧，是韩大鼻涕的看家本领。奶奶捺着性子忍到忍无可忍，老韩一来就往外赶，连儿子带媳妇一通骂。

每当这个时候，赛男就在屋里静静地在炕上躺着，时不时就在骂声中睡着了。像听着一场闹剧，置身事外的感觉真好。

奶奶赶走了老韩，坐上炕直叹气，她也累，一堆儿女没一个省心的。

"闺女啊，以后可不要做你爸你妈那样的人。"奶奶真的老了，头发一片雪白,牙齿也掉得所剩无几,摘下假牙的她整个人垮了下来,长长地吐了口气。

"嗯。"赛男看着奶奶,想为她做点什么,却又不知道可以做什么,这感觉真叫人闹心。

每个人都在年幼的时候盼望着长大,又在长大之后渴望着回到童年。

年纪小小的赛男并不能预见成年的烦恼,她只是迫切地想独立,离开这些鸡鸣狗盗的破事儿,再把奶奶和爷爷也弄走,首先得有出息和钱。

跟其他同龄人相比,早早就住校的赛男很快就学会了照顾自己。衣服脏了自己收拾干净,饿了就煮点啥填饱肚子。在自个儿家耳濡目染这么多年,人情冷暖的把戏年年上演。莫说是兄弟手足之间尚且如此冷漠,就是亲骨肉也不过如此。对亲情早已不报任何期望的赛男,神情越来越像奶奶,漠然的她行色匆匆,从不与同学们嬉戏打闹,把所有时间都交给功课,自然也收获了极好的成绩。

彼时六十多岁的奶奶已经扛不动废铜烂铁。关掉了废品收购站,零散地在周边打着散工,穷了一辈子,安全感匮乏,活着就要谋生,无法停歇。说是遗传也好,耳濡目染也好,赛男的倔脾气出落得和她一样。

正在高三节骨眼儿上,新来了个姓张的班主任。说话特别损,男生调皮的经常被他体罚不说,动不动就留校罚抄。班上怨声载道,却都敢怒不敢言,据说这位张老师是校长的什么亲戚,专门走了后门来的,连其他老师都敬他三分,学生们更大气都不敢出。

张老师教数学，每次考完试都喜欢挨个叫学生来讲台前面自己看分数，考砸了的男生被踢上两脚是家常便饭，有敢顶嘴的直接大嘴巴子抽上来。长得好看的女生则会在张老师身边被慢慢指点，任由他的手掌从脖子摸起一路向下，最后意犹未尽地拍拍屁股，这才放手。所幸赛男长相一般，发育得也慢，考试成绩却挑不出什么毛病，顺势就被忽略了。

在学生眼里，老师就是天，更何况是班主任，简直是不可动摇的存在，谁都无力反抗。

赛男却受够了。

比起张老师的为师不尊，同学们的忍气吞声更让她气愤。除了下课以后交头接耳的抱怨，竟然没有一个人愿意站出来说句公道话，赛男已经无法再怜悯这个集体，她开始以自己的方式回击。

数学课的时候，不想看张老师的嘴脸，她就闭着眼睛。张老师发现了，一个粉笔头扔了过去，从她脸颊边飞过，他怒斥："姚赛男，你到底有没有在听课？！"

"我在听啊。"赛男淡漠的反应让张老师更为光火。

"听你怎么还把眼闭着了？！"

"听课我用耳朵听，又不靠眼。"

"哈哈哈哈哈哈哈哈……"也不知是谁带头笑了起来，学生们都跟着起哄大笑，张老师又急又气颜面尽失，只好大声呵斥："姚赛男，你给我起来，站到走廊上去！"

赛男一声不吭站了起来，用力将书往桌上一砸，径直走了出去。

学生们议论纷纷，张老师终于扳回了面子挑衅地看着讲台下的乌合之众："谁再说话就去和姚赛男一起罚站！"教室里立刻一片鸦雀无声。

走廊上的赛男冷冷地观望班里神色各异的同学们，心里的失望堆积如山。罚站的时候，她把从小到大认识的人都梳理了一遍，有谁称得上是一个好人，真正意义上的好人。除了想起奶奶的时候心头柔软了一下，其他的竟全被否决。想着想着就下课了，径直回座位拿起书包就走，那天天黑得很早，赛男却睡得很晚。

师生斗争中，学生一定是弱势。无论你有没有理，老师都是对的，老师说啥你不做好了，你就是有错。

"有我没她。"

酒过三巡，张老师跟校长留了这句话。

"也不是多大个事儿，先留校察看吧，再犯再说。"校长还不至于醉到一塌糊涂。

很快，全校通报批评了赛男顶撞老师的事情。口口相传之下，赛男被描述成了一个忤逆老师的坏小孩，更没有人想要追溯一下这件事的因果。不仅连其他老师都开始讨厌这个学生，其他家长听闻后，也开始勒令自己家孩子远离她。一夜之间，赛男再回到课堂，迎接她的竟是如同瘟疫一样被嫌弃的眼神。同桌是个叫于大美的姑娘,只有她平时还跟赛男能说上几句话借一下文具啥的。一坐下,于大美就凑了过来悄悄地说:"你被通报批评的事儿估计咱们镇子上的人都知道了,现在不光老师说你坏,咱班上同学的爸妈都下了命令说不许跟你玩儿怕被你带坏。哎,不说了,老师来了。"

赛男环顾四周,那些眼神鬼祟、闪躲也有轻蔑。真好笑,这帮人明明都目睹了事情的经过,明明都对张老师一肚子意见,不就是自己被通报批评了吗?至于这样吗?

罢了,不理就是了,我上我的学。赛男默默想。

事情却没有到此结束。

这个时候,为了跟她划清界限,充当老师的贴心小能手,班干部们开始发光发热了。

"姚赛男,自拟作文明天要交了,你要不就把你和张老师的事情写出来吧,写诚恳一点,给咱语文老师表个态。"语文课代表甩了一张试卷过来。

赛男不说话。

体育课上,体育课代表先发制人:"姚赛男,体育项目都是靠团结一致来取得胜利的,以免你破坏团结,这个接力赛你就别参加了。"

其他人哄笑一片,赛男不说话。

"你说她这是什么态度,捅了这么大的娄子也不给老师道个歉?我们班上的脸都快被丢光了。"升旗仪式结束后,班长在人堆里对着她的背影说。她没有停下脚步,也不想回头为自己辩护,只想尽快离开。

连去食堂打饭，赛男的饭菜也远比其他人要少。食堂阿姨和张老师也是熟人呀，哪里受得了这个气。端着饭菜走向食堂的角落，迎面跑过来几个男生看似不经意将她连人带饭一起撞倒。

"哎哟，对不起，没看着你，谁撞的谁撞的，通报批评了哈！"赛男一看，他们不正是经常被张老师体罚的几个调皮鬼吗？

那天，她没有吃饭。

周末赛男回了家，向父母宣布了她要退学的事情。

老韩二话没说就哭了起来："我的个亲娘哎，你说我的命咋这么苦！难产大半天好不容易生个闺女，盼着她好好读个书能有点出息，谁知道她在学校膈应老师，唉，我怎么摊上这么一个闺女啊！"

老姚像往常一样在电视机前边嗑瓜子边抽烟，老韩的哭声完全被忽视了，十足背景音乐。直到电视上放起了广告，他才扭过脸问："因为啥？学校这不没开除你吗？接着读呗，眼瞅着就高中毕业了。你怎么着也得念个大学。"

"我在这个学校待不下去了。"

"你才犯了错误，同学们不待见你这不是很正常吗？你就认个尿，礼拜一上学校给大家伙道个歉，该咋的咋的，别成天给家里惹事儿。"

"我没惹事儿，我就是不想念书了。"

"不念书你想干啥？！"老姚急了，老韩的哭声持续播放。

"挣钱。"

"没知识没文化你上哪儿挣钱?！什么单位能要你？啊？！"

"……"这个问题赛男真的答不上。

沉默了片刻，丢下一句："总之你们甭管了。"赛男逃离似的打开门，她回头看了一眼这个家，并没有老韩和老姚的身影。

到了奶奶这儿总算是太平了，奶奶照旧每天收拾里里外外准备三餐，关于赛男退学的事儿只问了一句："你想好了？"赛男说："想好了。"便再也没提过这茬。

或许是管教几个儿女都失败了的原因，奶奶没有再插手赛男对自己命运的决定，又或许是她对这个自己从小带到大的女孩有一份说不清的信心。

办完了退学手续，赛男就在家宅了起来。

数学虽然学得一团糟，语文却是赛男的强项。自打读了高中，赛男就时不时在当时流行的论坛和空间里写一些文章。写得好的，被转载的次数多了，也有不少杂志编辑找上门来要求授权刊登。虽然钱不多，但看着自己的文章被印刷成铅字，还是蛮有成就感的。有事可干，就宅得心安理得。

此时的赛男，过着完全与世隔绝的日子。除了天气好的时候傍晚绕着村子走上一圈，平时几乎足不出户，但这丝毫不影响她的活跃的内心世界。那么多小时候看不懂的书一摞摞地放在床头，终于到了能看懂的时候。从小到大的孤独，生生将她逼成了一个全靠内心戏支撑所有乐趣的人。

这样的日子一晃就是两年。

当年的同学都升入了大学，各奔东西。赛男也开始在网上小有名气了，在各大文学论坛和相关社区，博客和微型博客都能看到她用笔名"若男"留下的痕迹。最后受大量新资讯的吸引，她在微博落了户。一路用下来，也累积了不少粉丝。

网络世界的圈子和现实完全不同，想在这条路上走得好，内心世界是第一位的，无论是哪种面貌，有趣的、煽情的……只要能亮出真本事，就能得到追捧。

从退学的那天起，她就打定了主意不再与任何集体发生关系，相比起现实里的人心隔肚皮，在网上交朋友真要轻松许多了，更何况几乎都是同类型的人，不善交际，内心丰富。当有趣的人扎堆在一起交换想法，说妙语连珠、出口成章也毫不夸张，赛男在这种氛围的耳濡目染之下心境也开朗了许多。只要有闲暇时间，赛男就和其他的博主泡在群里，没完没了地刷屏。

她喜欢这样，用聊天表情来表达表情，还可以保持现实里的一脸漠然，轻松得很。

在现实里再孤僻都好，只要有网，就能回到那个真正属于自己的世界。

赛男喜欢那个世界，她这些年来所有的落落寡欢都在那里得到了释放。热情决定态度，她在线的时间很长，睡觉前都要把所有信息看完回完才肯关上电脑，也时常一不留神就与朋友聊到夜半三更。每天一睁眼就迫不及待地点开手机查看前夜留下的评论和留言，时不时看着看着就扑哧一声笑出来，外面什么天气，刮风还是下雨，和她再没有一毛钱关系。

奶奶虽然不太明白她在做什么，但看孙女神采飞扬全神贯注的样子，倒也挺放心。

在那个新媒体对世人来说还是很陌生的时候，赛男就冲到了第一线上，她的微博内容言辞犀利，直白泼辣，吸引了大批在生活中郁郁不得志的人们。粉丝们都觉得看她的文字很痛快，说出了自己心中想说又不敢说的话。

每天赛男最开心的，就是发出一条微博，然后不断地刷新评论，看粉丝们每个人不同的见解，当然也不乏唱反调的人，实在是遇到出言不逊的就干脆轰轰烈烈地吵一架，没什么比彻底释放自己更爽的事了，每一分一秒都过得挺痛快。

写字对赛男来说，就像一项天赋。看了电影就写影评，听了歌就写乐评，网友投稿的狗血故事，她在学校的所见所闻……太多可以写的内容了。养成了固定的思维习惯，无论看到什么都会自主地在脑内编辑文字，编辑好了这些字就会在脑子里一直转，直到写出来才消停。时间久了，码字对赛男来说已经是一种需求。

除了杂志社的稿费，赛男也开始在一些门户网站和纸媒上接一些专栏的活儿，每周交几篇稿对她来说一点都不难。逐渐地，她彻底以写字为生了。

在赛男正是如日中天的时候，一位新朋友闯入了她的视线范围。这位朋友叫刘畅，就职于一家微博营销公司，是群里另一位博主拉进来的朋友，才聊了两句赛男不想跟他说话了："我要下了，跪安吧。"

竟然有这么转的女孩，刘畅被赛男迷住了。

死缠烂打也是挺奏效的，对赛男来说，虽然在网上交了一大票朋友，但这么不依不饶的还真是第一个。不同于和其他人的插科打诨，刘畅与赛男的话题十分走心。

"既然大家都讨厌那个老师，你干啥非要出头？"

"可别提了，一帮窝囊废。"

"我看你就是不想在那破学校待了，故意惹事儿。"

"哈哈哈哈哈哈哈哈哈哈……你咋知道。"

网上有种说法，说表示笑意，打"哈哈"的是敷衍的笑，本人一定没有笑。"哈哈哈"是强挤的笑，比面无表情多了一层皮笑肉不笑。"哈哈哈哈"则是真实哈哈的意思，也就是说打出了四个哈，怎么都嘴角略浮一丝笑意了，而只有打出一大串哈哈哈哈哈哈的人，才是真正地笑了。赛男从此对刘畅不再设防，两个人挖心掏肺地聊，她也开始喜欢起刘畅。

少女的心扉打开了，更舍不得下线，关了电脑就用手机，无时无刻不在。

刘畅和赛男一样，虽然每天都得打卡上班，其实也就是换个地方上网，和赛男每天做的事也差不多，但他属于商业化的运营，赛男属于玩票性质的运营。他的手里经常同时操作着十好几个粉丝数庞大的微博账号，更新内容的同时维护数据，再负责将这些不断增长的数据进行更新整理成表格发给合作伙伴和客户。循环着培养账号—做大账号—更新内容—互相转发—接广告变现的工作，即使大部分收益都归于公司，收入还是挺不错的。

他俩除了闲聊，还描绘了许多未来两个人在一起的景象。毕竟是异地恋，还是网恋，全靠浪漫的想象来打鸡血。刘畅在南方，盼着赛男能过去与他一起生活工作，时不时就拍一些当地好吃的好玩的给她看并引诱之。赛男也不是不动心的，能上一个没有冬天的地方生活一直是她的心愿，再也不用在出门的时候，被那些人戳脊梁骨——哎，你看，这就是老姚家闺女，高中就退学了，成天搁家里待着，跟废人差不多。即使奶奶什么都没说，这些闲话还是像刺一样扎在心头，她向往南方，渴望离开，她要证明自己，无论以何种方式。

早知道有不少微博营销公司的存在，也有不少同类公司邀约赛男前去工作，但从来没有深入了解过这一行的赛男，第一次从刘畅这里知道了原来通过微博也可以赚很多钱。

"你写稿太辛苦了，赚得也不多，不如我来帮你。"

"怎么个帮法？"

"这样吧，你把账号给我，我帮你运作，粉丝涨起来之后我保你躺在家里数钱！"

"万一没做起来呢？"

"没做起来我妈出门被车撞死！"

"……"

犹豫再三，敌不过想一探究竟的想法，赛男把微博账号交给了刘畅。

刘畅就是干这个的，很快就将赛男原本一万多粉丝的账号运营到二十几万粉。赛男的微博也从原创文字为主的内容骤然转变成恶搞图片的天下。更从原先两三天才发一条的低产，开始每隔一小时就发一条的刷屏。老粉们看得莫名其妙，如潮水般散去，取而代之的是大量来路不明的新粉，赛男还来不及深思这一切，就已经风风火火地开始了。

即使是自己亲手建立的账号，改头换面后再登录，还是会被几千几万条评论和转发提醒震慑到。果然商业化就是需要抛弃人性的，不然这么多评论如何回复得过来？

为了不让还没取消关注的老粉感到失落，她悄悄发了一条微博说自己开了小号，邀请喜欢看文字的粉丝来小号。但刘畅觉得这样让新粉丝看到会很奇怪，二话不说就删了。

说不失落是假的，和这些网友互动了这么久，看评论和回评论一直是赛男极大的乐趣，时不时刷到令人眼前一亮的话，能叫人开心好一会儿。可自打将微博号托付了出去，这一切就都没了。赛男经常在想，当那些熟知的人看到"若男"突然只发搞笑图片了，会以为自己被盗号了吗？但一切都来不及了。

在刘畅运营着微博的同时，赛男也开始默默准备了起来。对于那个互联网行业已经发展得很成熟的南方城市来说，赛男这种级别的博主想去那找一份工作简直轻而易举。甚至连自我介绍工作经验都省去，只要一条微博地址的链接，对方马上亮起绿灯。

入职通知如期而至,再过一周赛男就要前往当地入职报到了,刘畅不知道,奶奶也不知道。前者是打算给一个惊喜,后者却是怕带来离愁别绪。都说人在吃饭的时候心情最好,赛男端起碗,小心翼翼地说:"奶,我找了个工作,在南方,我过几天就去报到了。"

"啥单位?靠谱吗?"想不到奶奶风轻云淡。

"一个文化传媒公司,靠谱。"

"你去那儿干啥?"

"内容编辑。"

"工资开得还行?"

"挺好的。"

"去了住哪儿?"

"自己在单位附近租房子。"

"成,过去好好干,路上东西少带点儿,缺啥奶给你寄过去。"

活到奶奶这个岁数,早已看淡离别,孩子大了当然要出去谋发展,儿子这一辈是没啥指望了,奶奶也盼着赛男能干出点名堂。祖孙俩都要强,怎么着也要混出点名堂给那些说闲话的人看看。

距离出发还有三天,半夜起来上完厕所,赛男一如往常随手登录微博账号看看情况,评论内容虽然已经和她无关了,但还是挺在乎刘畅都发了些什么。

就像农民把土地租了出去，没自己什么事儿了，还是想知道地里都种了些什么。当时已是夜里三点多，迷蒙着睡眼打开微博，登时心头一紧。

"@Magicgirl，媳妇我喜欢你！"

一条表白的微博赫然出现在眼前，赛男的瞳孔在瞬间放大，顺着@去到那个女孩的微博，真漂亮，身材真好，每张自拍都很好看，整个一仙女，而且还跟自己这个号互相关注了。这条微博谁发的？问都不用问，除了刘畅还有谁？

那一夜，赛男没有睡。

微博有个很好的功能，无论你收到了多少条评论，有多少条提示，但你发出去的评论却在另一个选项里可以轻而易举地看到。虽然也可以删除，不过发出去的评论太零散，想必是刘畅也没想到赛男会看到这里来。

不看还好，一看简直要窒息了。

这个女孩跟刘畅在一个城市，从他们的对话看来显然已经见过面并且在一起了，他叫她媳妇，她叫他相公。真是火上心头，平时他叫赛男老婆的时候也不亏心？骗我就算了，还用我的账号和其他女孩子打情骂俏？

赛男越看越气，随即跳到用户中心那里去修改密码拿回账号。再细一看，更是心惊肉跳，自己的账号在不知道什么时候被绑定了刘畅的身份证号码！而且作为找回密码的重要数据之一，系统设定身份证号码只能绑定一次，以后再也不能修改。

赛男掩住怦怦的心跳，尽量让自己冷静下来，解决问题才是当务之急。想不到刘畅当时口口声声地说帮她运营微博，都是欲盖弥彰的幌子，不知不觉账号就要变成他的了。

"干得漂亮啊。"赛男看着屏幕点头称赞。

此时已经顾不得刘畅跟其他的女孩好没好的事了,她心里只有一件事:拿回自己的账号。

赛男此刻宁愿不要几十倍的粉丝数,只想一切回到从前,以自己真正的人格出现,还能再在评论里收获那些令人惊喜的小共鸣。必须把账号拿回来,嘴唇被赛男咬出血印,她飞快地在心里盘算着对策。

做好了准备工作,她悄然无声退出了登录,睡了一会儿。再醒来时已经天光大亮,打开微博发现昨夜那条示爱的微博已被刘畅删除。

因为不确定身份证绑定之后自己是否还能夺回密码的修改权,暂且任由刘畅继续运作。并赶紧向朋友求助,当时网络上名声最响亮的草根大号@笔记本和赛男算是个老朋友,在还没大红特红的时候在一个群里待过,私底下也分享过不少趣事。虽然已经有好一阵没联系了,这么严肃的事情总能帮上点忙吧。

很快赛男就联系上了他,将事情原委一说,笔记本也很仗义,马上帮赛男想了几个办法,让赛男公开证明自己是该账号的真正持有人,最后笔记本说:"你放心吧,肯定拿得回来,拿不回来我替你去找老总。"有了这句话当定心丸,赛男踏实了一大半。

一颗红心两手准备,与此同时赛男还联系了在微博工作的另一位朋友,那位朋友虽然没什么特别的门路,但很熟悉官方的规则,二话不说他马上建议赛男进行账号申诉，将账号的历史使用信息如实填写并邮寄至微博官方。依法炮制的赛男很快就收到了微博官方的回访电话，在确定即使刘畅凭绑定了身份证号码，微博官方依旧会以赛男提交的这份申诉文件为准之后，赛男彻底踏实了。

这两天过得像打仗一样，偷偷摸摸地做好了所有保护工作，终于到了面对的时刻。那下午趁刘畅开会，赛男默不作声将刘畅发的所有微博删了个一干二净，随着一条条非自己原创的微博在页面消失，赛男的心越来越舒畅了，终于可以做回自己，这感觉真好。同时申请清理僵尸粉，一夜之间，账号的粉丝数回到了最初的数字。最后她挂着胜利的微笑改掉了密码，拉黑了刘畅。

合上电脑，暮色将至，赛男提着行李踏出了门。

要上县城的火车站，得从镇里坐中巴过去，还好离奶奶家不远就有个站点。赛男坐上中巴，回头看着奶奶，奶奶也站在院外望着她，夜色下两人的面容越来越模糊，迟迟舍不得扭过头去，直至再也望不见彼此。

"奶，你等我赚钱回来。"赛男在心里默念。

很快，刘畅发现了微博的问题，在网上联系不到赛男的他开始疯了一样打电话过来。赛男不接，刘畅就拼命地打，短信一条接着一条，她只回了一句：谢谢你为我做的一切，从今天开始不必了，再见。随即关掉了手机，世界清静了。

她面无表情地望着车窗外的风景，一切都在过去，一切也都在发生。

一天一夜的行程，火车走走停停，温度越来越高，坐在卧铺车厢里的赛男擦了擦额上的汗，放下手中的泡面。

南方,你好。

迈步走出车站,迎面而来的是热情得让人有些害怕的黑车司机们,他们簇拥在一起,散发着这座城市的气息,闷热又潮湿。当地有一句话叫:揾食艰难,每个人都为了生存在拼命地挣扎。

独自生活对于一个曾经长期住校的女孩来说一点都不难,对生活环境并不挑剔的赛男当天就敲定了住址,买好简单的铺盖和日用品,就算是垒好窝了。收拾完来到楼下的小餐馆吃饭,这才发现南方的吃食花样有那么多,光是一个粥就有十几种口味,也不失为一个惊喜。

房间是新的,显得挺干净,这种专门为出租而存在的房间设计得也十分合理,一个房间一张床一张桌子带一个小小的卫生间,一切都刚刚好。

摆好电脑,打开手机和微博,刘畅的留言和短信一股脑全都蹿了出来,数不清有多少条,字里行间透露着他情绪从疑惑到暴怒到哀求,他为了这个微博账号也倾注了不少心血,定然无法接受赛男突然之间的抽离。

错的事又何必再继续浪费时间?多说一个字都觉得是多余。一口气将他的信息通通清理掉,假装什么事都没发生过一样。打开电脑,赛男发了一条自己喜欢的内容,才发现昔日那些理解她欣赏她的粉丝早已在这段时间的折腾里不复存在了,新粉丝看到她的文字纷纷都说看不懂要取关。闭上眼深吸了一口气,没关系,慢慢来,不着急,会回来的。

第二天去报到，说是文化传媒公司，其实是经营线上业务的公司。通过刘畅，赛男对这些业务早已经是轻车熟路。作为一个内容编辑，赛男的工作就是产出内容，说白了就是一个文案，为不同品牌的客户撰写商用微博。在网上混迹已久，也有不俗的文字功底，这份工作对她来说可谓驾轻就熟了。

在这里上班有一点赛男非常喜欢，就是同事之间几乎没什么交流，也不用沟通。工作任务通过邮件派发，每个人完成了就往上交，有修改意见就再发回来改，一人一台电脑互不干扰做得也很舒心。既保证了她的独来独往，也在很大程度上给予了赛男精神上的舒适，虽然每天都得来公司报到，但在完成工作内容之后，便可以随心所欲地写自己的稿件和微博，感觉非常自由。而刘畅在一番哭天喊地之后也彻底销声匿迹了，一切果真就像不曾发生过一样。

眼看微型博客做得风生水起，微信也开始开发微信公众号的产品了。无论是什么，做了再说，随着一众微博大号都纷纷开始发帖要求粉丝关注自己的微信公众号，赛男也加入了他们的阵营。经营一个公众号比操持微博要繁复得多，尽管每天只能更新一篇，对内容和质量要求却很高。而且公众号不可能和微博产出同样的内容，不然怎么留住粉丝？

在公司上班的这段时间里，赛男也接触了不少品牌客户，相比起其他类型的账号，八卦类的账号的广告量是最大的。八卦类的内容相对容易产出，受关注度极高，明星用艺术作品获取粉丝，八卦类账号用明星来获取粉丝。这些年国内文化产业也在飞速发展，无论是电影还是网剧都在大规模地爆发，这意味着大量的可延伸的内容以及可植入的空间。

深思过后,赛男决定做一个八卦类的公众号。

写文章对赛男来说不难,但写八卦,八卦从哪里来?那些明星歌星层出不穷的新面孔分别都是谁?早就不看电视和新闻的她简直一头雾水,恶补娱乐知识,是第一步。

大概是天生的要强,还记得赛男小时候刚学会骑自行车,但凡看见有其他车就一定要超过,把鞋都蹬掉了也在所不惜。走路也是,不喜欢慢条斯理地走在别人后面,总要加快脚步赶超。既然决定要做,就要做到最好,她毫不吝啬付出比其他人更多的努力。

在那段时间里,上下班的路上和吃饭间隙,都被她用来追剧和补看各大热门综艺节目了,总之网上哪个新片火了,哪个明星被黑了,都要第一时间去把前因后果给了解透。除了浏览各大门户网站,连八卦类微博账号里的评论也要逐一看过去,时不时还能看到一些有理有据的内幕消息,反正做八卦本身就是一件捕风捉影的事,谁都不会一锤定音说死。没有娱乐记者和圈内人做靠山的赛男,硬是凭自己对时下热门娱乐话题的理解和细节的梳理,写出了一份又一份可读性极强的稿子。

她也非常明白,无论是做微博号还是做微信号,哪个自媒体平台都好,想要受欢迎就必须拿出好的内容。只有做出优质的内容,才能赢得更多的关注。

经过刘畅一劫,她完全不想用微博来牟利了,索性就让微博做自己内心世界的后花园，彻底地私人化。但对待微信，赛男则像工作一样，完全去掉个人属性，以大众视角来编排内容。图片也好文字语气也罢，首先考虑的是别人会不会喜欢，而不是自己喜不喜欢。一旦做到这一步，就算是迈进职业化的门槛了。

逐渐地，赛男也摸索出了一些写八卦类文章的套路。由浅入深，从小见大。以一个明星为人物基准，从他的生平经历和从艺过程，就能延展出许多内容。对该明星的新粉来说属于集中补习明星背景，必看不可的重要环节。对老粉来说更是致命一击，看到自己心仪的明星当年的星路历程，如何一步一步成长为今天的偶像，简直感动到不行。

说起来简单，但搜罗这些信息非常要时间，好在赛男从小在奶奶的影响下干活特别快，手脚麻利，毫不拖沓，只要集中精神，工作效率还是很高的。即便是这样，一篇文章从内容编排到排版和图片的搭配，再加上发布后的后台互动，还是得好几个小时才能完成。自打着手运营公众号，赛男就开始没日没夜地在公司加班了。

这世界没有道理讲，有时候你喜欢一个人，对方却不一定喜欢你。然而工作比感情公平，为工作付出就一定会有回报。随着账号的活跃度的增长，粉丝的黏性也上来了，传播量也随之水涨船高。最难的还是内容的把握，公众号要维持日更，娱乐圈却不一定每天都有夺人眼球的大事件和亮点发生，也很有可能在你刚刚发掉今日的推送，凭空却来了一记重磅猛料，踩不上热点的最新时间，到第二天再写就很尴尬了。

今天写什么？成了赛男最头疼的事情。

练葵花宝典是要想成功必先自宫，做公众号却是要想成功先被逼疯。如果说网络曾经是赛男生活的一部分，那现在网络对她来说简直就是命。

每一天的大部分时间，赛男都埋头在电脑前完成工作和维护公众号，其他的时间则被用来搜索相关讯息以便组合内容。不成功便成仁，她铁了心要做好这个号。

也不是没栽过跟头，风口浪尖上的明星，都有着疯狂到你无法想象的粉丝。哪怕是最轻描淡写的措辞，只要是否定的，都是他们无法容忍的。

有次为了追某个当红小鲜肉男明星新戏上映的热点，赛男为了写好这篇文章还特意去看了场电影，说实话电影是真的难看，强忍着一肚子的槽点，赛男只是淡淡地写了一句"演技有待提高"就被粉丝追着在评论里面连着骂好几天。各种恶毒的语言如枪林弹雨般迎面而来，现实中的赛男虽毫发无损，可每天对着数不尽的恶意也真叫人心里难受。可万万没想到的是，因为公众号需要关注后才可以评论的机制，反而增长了很多粉丝。而这些粉丝也并没有随着"骂完了气消了"而大规模取消关注，总之粉丝多了阅读量也上去了，赛男还是打心眼里高兴的。

慢慢赛男也明白过来了，对于受众来说，尽管文章都是人写的，但在他们心里，多数的账号运营者并不是一个真正意义上的人。他们之所以选择关注这个平台，是因为这里有他们想要获取的资讯，而不是因为作者的灵魂与血肉，没有人想知道文章后面坐着的是谁。好比我们平常打电话，遇到信号不畅的时候难免也会怨声载道斥责通讯公司，骂完又接着用一样。只要可以坦然面对这些，这何尝不是从一个侧面说明了使用者的活跃度。

当然，账号的价值究竟如何，还是要通过总体的数据来判断的，粉丝数和阅读量都得到一定量级才行。必须想尽办法涨粉，赛男的字典里没有认尿这两个字。

那时候正赶上国庆，天安门前正在举行庆典仪式。赛男一边听电视一边写文章，主席在电视里发出洪亮的声音："同志们辛苦了！"双手正在键盘上上下飞舞的赛男突然停了下来，"主席要是说，各位同志请拿出手机关注公众号若男八卦——该多好啊！"

为了更大程度地增长粉丝，赛男也尝试过很多其他的办法，比如和其他大号一起互推、抽奖之类。不过想要粉丝数量大幅增长，始终需要传播量足够高的内容。

在新媒体事业的日益成熟下，阵线逐渐渗透到各个平台，基本上所有甲方在推广时都会给这一块预留投放预算。有钱的地方就有人，做自媒体（运营平台的独立个体）的人也越来越多了。大家都看上了这块蛋糕削尖了脑袋经营自己的平台，八卦类的账号也是层出不穷。一个热点出来，所有账号都一窝蜂地写，你要想一夜爆红，就得拿出别人没有的内容。

单枪匹马的赛男陷入了焦虑。

所有她能写的内容，别人也一样能写。她能找到的图片，其他人也能找得到。更有甚者直接改头换面将她的文章照搬过去，花费大量的时间和精力去申诉，也顶多换来一个对方删帖的结果。更何况自媒体之多，根本无从查起。要做到这个领域的先头部队，光靠线上搜集的资料远远不够。

好在这个阶段，甲方也开始陆续找上门来，一切付出终于有了不错的回报。即便只能维持日更，却因为其内容的质量和长度，广告费用较微博高了许多。然而最终决定广告费用多少的，还是账号的粉丝数量以及平均的阅读量，这些数据的高低是每个自媒体人的命脉。增加阅读量和粉丝，就是增加自己账号的含金量。赛男目前的数据只能说过得了关，比起条条阅读量突破十万加的一线大号，还是逊色许多。也恰恰是因为公众号只能日更，甲方需求的平台量就多了，若男八卦也算是榜上有名的活跃账号，再加上市场需求的量大，靠着拼命三娘的劲儿，赛男收获了第一桶金。

相比起其他大号挑客户拒单的傲慢态度，赛男配合度就高多了。有广告就接，绝不跟钱过不去是她的准则。写软文本来就是她的老本行，为了让读者不反感，甲方也满意，赛男对待内容越发精益求精。在保证广告量的同时，也尽量避免粉丝的流失。

想做好一次广告不容易，每次推广都要与对方反复磨合才能定稿，从交稿到审核到修改，基本上要用去大半天的时间，再算上写稿，一天也就干不了其他什么事儿了。权衡再三，赛男辞掉了工作，索性专心经营自媒体。

再次开始了足不出户、只要有网生活就有光的生涯，赛男还是蛮高兴的。虽然一日三餐叫外卖，做完今天的内容，又开始构思明天的方向，根本没有假期。这种看起来很枯燥的工作模式，却深深吸引着赛男，粉丝的增长和广告的收入，都让她成就感爆棚，欲罢不能。从那个时候开始，赛男也坚定了自己想要实现的——功成名就，衣锦还乡。既然背井离乡来到这里，如今又辞掉了工作，这份事业就只许成功不许失败。

赛男过得很清醒，越来越高的收入并没有令她迷失自己。再说一个阿宅根本没什么开销，除了基本的生活支出之外，赛男把大部分的钱都汇给了奶奶。想奶奶啊。想她种的那一大院子的瓜果蔬菜，想她做的大白菜炖土豆，想她总在东北的夏天里惋惜"要是在云南就好了，四季如春，能种好多好多花。"

拨通了电话，奶奶劈头就问："闺女你干啥了？咋打这么老些钱给我？奶不缺钱，你留着自个儿用啊！"

"奶你留着，我攒钱给你上云南买别墅。"

"嗨，那就是随口说说，奶有钱，你的钱奶给你存着，啥时候不忙了就回来住一段儿。"

"嗯哪。"

等着我，一定会回去的，赛男喝了一口早已温热的可乐。长时间不见天日，加上又一直蹲守在电脑前，猛然站起来只觉眼前一黑，整个人感觉虚弱极了。

反正今天的文章也发了，接下来在后台跟读者互动一下用手机就可以做，赛男拿起了钱包直奔小区对面的夜市里去准备吃顿大餐犒劳一下自己。

她住的小区算是一个世外桃源，说白了就是还未改建的老城区，周围已经被高楼大厦环绕，因为价格谈不拢，也就一直保持这副朴素模样。住在沿海城市便是这样好，夏夜里空气也是清凉的，新鲜的海鲜和海风一样，都让人禁不住歌颂生活，闻到扑鼻而来的蒜蓉香，赛男才想起今天好像只吃了一顿早餐。

坐下来点了一堆吃的，赛男拿起手机刷起了评论。她像个隐居网络的仙子，偶尔切换到人间满足一下衣食住行的需求，互联网才是她真正生存的地方。一打开页面，眼神顿时专注了起来。上菜了也不耽误，一手持手机一手拿筷子，眼睛始终不离开屏幕，熟练得很。正吃着，隔壁桌的谈话声悄然钻入了她的耳朵。

"这里打包速度快，我们就吃这家的。服务员，来，点菜！"

"啊，天气这么好，真想坐下来点两瓶啤酒慢慢饮！"

"我跟你说，他俩都在屋里待了一下午了，一会儿我们赶紧打完包回去蹲，我就不信他们今晚上不出来，只要他们出来，我们能拍到照片，这趟就算大功告成！我都让你别跟着过来了，万一这会儿他们出来怎么办？"

"哎呀，我也想透口气啊。"

"早知道就让你一人来了，跟丢了就前功尽弃了，赶紧打包回去！"说话的人急了。

"娱记真不好干，早知道我就听我妈的话去考律师了！"声音里全是倦怠。

"不想干赶紧滚蛋，我还指着爆料奖金换装备呢。"

听着他们的对话，赛男打了一个激灵。回头望去，两个男人正坐在身后，一个小年轻无精打采的脖子上挂着相机，一个年纪稍长满脸严肃正拿着手机浏览着。

按说拍照和爆料……这两人不就是传说中的狗仔队吗？他们可是掌握所有娱乐八卦第一手情报的一线人员啊！只要跟着他们，拿到惊天猛料，我的号不爆红才怪！赛男匆匆吃了几口面前的食物，放下钱埋了单，悄悄跟在了他二人身后。

通过他俩对话得知，挂相机的男孩子叫阿哲，是个摄影师。年纪稍长的不知道叫什么，只听得阿哲叫他主编，他们今晚跟踪的××和×××就是最近闹婚外情的一对明星，男的一直在被传出轨，却苦无证据，如果他们今晚拍到了什么那必然能引爆整个娱乐圈，想到这里，赛男又加紧了步伐。

他们走得很快，来到大酒店门口，打开车门，钻上车吃了起来。总不能干等着啊，赛男也在车旁边的便利店坐了下来。就这样，这三个人心怀鬼胎地开始盯梢。

夜很长，漫无目的的等待很难挨。赛男的视线一直在这两个人的身上和酒店门口来回切换着，精神高度紧张，生怕错过了什么。过了好一会儿，哈欠连连的阿哲挂着相机一脸倦意下车向便利店走来。赛男见他过来，急忙闪避到便利店的货架后面去，心狂跳起来，机会近在眼前，要怎么抓住？

人被逼急了，肢体反应反而会比大脑快。还来不及思考怎么开场，赛男拿着便利店收银台的小便签，急匆匆写下了自己的联系方式。此时阿哲已经走了进来，站在饮料架面前发怔。赛男一把抓住他的胳膊，将他拉到货架后面，刚好遮住外面的视线。

"你好，我是公众号若男八卦的运营人，你是娱记对吧？我想跟你合作，正儿八经的，报酬肯定比你现在这份工作给得多，这是我的微信号，你一定记得加我！我等你！"赛男一口气把话说完，不由分说地将写有她联系方式的小纸条塞到了阿哲手里。

"啊……？哦……合作？"阿哲从倦意中醒来，迷迷瞪瞪地看着眼前这个说话像连珠炮一样的女孩。

"记得加我啊！我等你啊！"说完这堆话已经用完赛男所有力气，她盯着他眼睛，用力地握了一把他的手，转身离开了便利店，留下那个还搞不清楚状况的阿哲在原地挠头。

到家时已是半夜，赛男一头栽倒在床，大脑却依旧兴奋，不断地假设，如果合作成功了会怎样？第一手的八卦信息，含金量那么高，再多找几个圈内的朋友帮着推一推，轰轰烈烈地炸一次才行。万一他不跟我合作呢？看他那傻呵呵的样子……翻了个身，真是焦虑。

左思右想睡不着，一骨碌坐起来打开电脑，干脆赌一把把稿子拟好吧，就当他们今晚有所收获，明天就能在第一时间蹭上这个热点。

赛男彻夜未眠，细细将两位明星的资料搜集起来进行梳理，再用当事人之前的绯闻图片加上动态效果做了几张动图，打上了自己平台的水印。终于搞定，长出一口气，赛男揉了揉眼睛，窗外的天色已放亮。做时事类的自媒体比的就是速度，谁的反应快谁的传播量就大。事后诸葛亮怎么都比不上第一声枪响。

准备好文章的她靠在床沿上迷迷糊糊地睡了过去，还没睡多久就被隔壁装修的电钻声惊醒，一恢复意识马上拿起手机查找相关信息。果然，昨晚阿哲他们没有白守，拍到了清晨××和×××十指紧扣走出酒店的照片。实打实的偷情证据，马上轰炸了整个互联网。

赛男顿时就清醒了，在自己原先编辑好的文章里添加上阿哲拍摄的照片，立即安排发布。当然照片也不是白用的，作为独家资源大大的水印盖着是阿哲所属的娱乐工作室的Logo。大部分门户网站和公众号都会蹭这个热点来做文章，铺天盖地的助力，工作室也随着这样的素材而声名远播，也算行业里的潜规则。

彻夜的辛苦没有白费，赛男那篇深度解析二人情史的文章，一经发出也随着风口浪尖的讨论声浪被疯狂地转载了，原计划找几个账号帮着推一下看来也是不必了。好事者纷纷转发评头论足，刷遍朋友圈。不出两个小时，这篇文章的阅读量就达到了十万加，数据还在不断攀升中，后台的留言也一窝蜂地拥了进来，各种点评孰是孰非赛男根本无心定夺，她只是全神贯注紧紧盯着电脑屏幕不断刷新着新增粉丝和文章阅读数据以及新的留言信息。

经此一役，赛男账号的粉丝一日之间增加了好几万，明星的影响力真是不容小觑。热帖一出,又有好几个甲方排着队来谈合作了。赛男一一接待,谈妥了广告安排,已经工作一整天的她匆匆吃了几口外卖,像个用尽电池的机器人,一头栽倒在床昏睡过去。

大概是走火入魔了,在梦里也停不下来。

梦境中,赛男做成了一线大号,投放广告的客户络绎不绝,广告费用也卖到了天价。她请了三个助理来运营内容,然后装着一大摞一大摞的钱回去看奶奶,打开行李箱还掏出了一座别墅,住进去就是春天,奶奶种了一大堆花,鲜花盛开,每一朵却是老韩的脸……

看到老韩的脸把赛男吓一激灵,从梦中挣扎醒来,愣神看了一会儿天花板,确定刚才的画面是梦之后,赛男拔掉手机的充电线,翻看起消息来。邮件和信息早已积了一堆,在一片消息提醒里,赛男看见了阿哲的好友申请。

他终于来了。

经过一番详谈,赛男以阿哲所在工作室平时支付的爆料酬劳的一倍与阿哲达成了协议。

年轻人出来工作,谁不是为了钱,比起对着一脸严肃的主编,阿哲更愿意和这个斯文清秀的女孩合作。虽然只是口头协议,但这两个年轻人都很认真。以每次阿哲出外勤跟踪明星获得的照片为主要内容,他负责提供上交跟工作室不同视角的照片给赛男,并保证赛男有第一时间的知情权,以便获取充分整理文字的时间。在不破坏工作室正常刊载的前提下,让赛男拥有较其他自媒体更多的发挥空间。

感谢风起云涌的娱乐圈，保证了阿哲频率很高的出勤率，每次有新料出街赛男都能紧随其后发出文章。对于一个上了一定规模的娱乐机构来说，区区一个公众号，阿哲的工作室并没有放在眼里，只是重申了严禁员工外传内幕消息，以保证自己独家的优先权，也就不了了之了。毕竟赛男每次都在他们爆料之后再发文，也没有对他们构成威胁。在这样一个开放的网络时代，追热点比的就是速度，谁都有去挖掘内容的能力。

和阿哲合作了几次下来，赛男公众号的粉丝量和阅读量都有了大幅的增长，她也毫不客气地提了报价，这对甲方来说并不是问题，只要推广效果好，在谁家投放都一样。随着网络江湖上的名声越来越响，几乎所有资源公司的报价单上都有了若男八卦的名字。

喝水不忘挖井人，赛男除了付给阿哲酬劳，为了建立更牢固的革命友谊，她也很主动地隔三岔五请他吃饭，一个人待久了，也需要跟人张嘴说说话。

赛男挺犟，但特别知恩图报，她很清楚没有阿哲就没有今天的若男八卦，每次给他打钱从不手软。

正吃着火锅，赛男给阿哲夹菜。小伙子连喝了几杯酒，满脸通红。

"我昨天做了一个梦。"他放下酒杯，看着面前的她。

"嗯？啥梦啊？"她的目标永远是土豆和大白菜。

"我梦到我俩一起在一个影视基地拍片，你是编剧，我是剧组工作人员，我们正在开会，你就出现了。"

"然后呢？"

"你穿了一件高开衩的紫红色旗袍，特别好看。后来我才发现你的旗袍裙摆里面还藏了一个小男孩！"

"哈？"

"我听别人说，这个小男孩不是你生的，但你得养着他，他靠吸你的血长大，这么吸下去你迟早会死。"

"厉害了……"

"然后我就趁你们不注意，把小男孩带到了自己房间。"

"你把他弄死了吗？"

"没有，我让他吸我的血。结果我身体很弱，才吸了一会儿就晕过去了，最后看到你打开门冲进来救我。"

还以为他要做大英雄，万万没想到梦的结尾竟然是这样，听到这里赛男实在憋不住放声大笑起来。看着笑得前仰后合的赛男，阿哲眼中有光闪烁。

"我喜欢你！"也顾不得烫，他的手穿过火锅的雾气腾腾，一把攥住了她的手。

二人对视着，僵持着，火锅的蒸汽在阿哲的手上凝结成水滴，又落回锅底。

赛男脑里飞快地思考着——不答应他，会不会影响我们将来的合作？怪不得最近发的资料越来越多，原来都是为了表白预热。望着平时大大咧咧的阿哲，此刻在她面前扭捏得像个小女孩，也不是不可爱的。无论怎样都不能影响工作，想到这——赛男回握住阿哲的手。

这算不算是为工作献身？躺在阿哲身下的赛男幽幽望着天花板。从小到大对男女之事就毫无感觉的赛男，此刻就像在完成一件任务。为了不让阿哲感到尴尬，她也尽力配合演出。终于阿哲大汗淋漓地躺下，陷入沉睡。

等了一会儿，确定阿哲睡熟了，赛男爬起来在飘窗前坐下，高楼的视野很开阔，放眼望去，不远处的灯红酒绿尚未停歇，车灯星星点点在暗夜流淌像一条会发光的河，每一盏灯里都藏着不同的故事。

有人哭，有人笑，有人归家，也有人忙碌，每个人都为了满足自己四处奔走。然后呢？满足了，就真的会得到快乐吗？赛男问着自己。**且向前行吧，没试过怎么知道呢？**

戏当然不是白演的。

超过了友谊的界限，阿哲为赛男提供情报开始免费了，有什么风吹草动都第一时间知会女朋友。想不到这个小伙子对当娱记没什么热情，当男朋友倒是很称职。不说十全十美吧，体贴周到却是很窝心的。

也不知是为什么，他做得再多，赛男也感觉自己的心是硬邦邦的，对与其他人建立的亲密关系有着一种本能的抗拒。阿哲的好意，对她来说则更像一件包袱。

她能想到唯一有兴趣的事，就是把账号做大做好，成立属于自己的工作室，功成名就，然后孤独终老。

人生无可回头，时光能将所有撕得片甲不留，只有一些仅存的回忆，证明着曾经。偶尔也会想起——当年那些同学和老师的嘴脸，难免为当时受的委屈而愤愤然，一口气咽不下去，也无法穿越时光再来较量一次。赛男也很清楚自己现在能做的，就是以实际行动证明自己的能力，让那些 loser 看看谁才是真正的赢家。

她咬牙切齿，她忍辱负重，她想一雪前耻。

既然选择了要摒弃朋友、家人和绝大部分社会关系的完全独立的生活方式。除了需要能够抵抗孤独的强大内心，更需要坚实的经济作为支撑。拼了命地赚钱，当然也要加倍犒劳自己。而今赛男要做的，就是弥补多年来对自己的亏欠。钱就是用来花的，她对这个理念坚信不疑。除了定期给奶奶汇款，赛男对自己从不手软，搬进了月租不菲的公寓后，她开始置办自己。

对几乎足不出户的赛男来说，网购是她唯一的娱乐活动，反正代购那么多。也没什么特别喜欢的，反正外面流行什么就买什么，满满当当囤上一屋子。用的东西，只要开封了一瓶，必然有另一瓶悄然备好，冰箱也永远是满的，吃不吃得了再说，必须要提前买好，才能感觉安全。

自从和阿哲做了情侣，他不肯再收取情报的费用，赛男也很识趣，两个人的开销她都很主动地承担了。他有时忙到半夜，她就去他收工的附近吃夜宵等他，再一起回到住所相拥而眠，然后白天分头各忙各的工作。

赛男也说不清阿哲在自己心里到底是什么位置，明明看着他的时候也从未出现过那种传说中心跳加速的感觉。能有一个忠心耿耿的滚烫胸膛供她停歇，虽说不上甜蜜，处久了也不讨厌。

有了喜欢的人之后，原本对工作报着混一天是一天的态度的阿哲，反而变得积极了起来，即便娱乐圈不是天天都有劲爆猛料，他也会挖空心思陪赛男一起编辑内容寻找素材。在他的协助下，赛男写出了一篇又一篇令读者拍案叫绝的好文章，江湖地位更稳。

说起当今娱乐圈最受欢迎的，非 L 姓男明星莫属。还记得上一次他的电影上映，赛男只能单枪匹马地自己买票去观影再回来写内容，而现在已经有公关公司出钱请赛男去看首映，只为了让她在文章中美言几句。无论在哪个圈层，舆论就是这样，得花钱请人帮你吆喝，不然万一几个自媒体主力军开始黑你，辐射到一片靠抄袭效仿内容的账号也要跟着起哄，普通观众的看法基本上是人云亦云的，势头一歪，好与坏很快就板上钉钉了。这些利害关系，老板们都清楚着呢，所以砸起钱来也特别爽快。

准备好今天的推送内容，赛男抬眼一看窗外，天色已大暗。要说辛苦，每天如此也就惯了，从起床后草草吃上一顿饭，便一直在电脑前埋头工作到晚餐时间。最后预览一遍文章排版，再挑了几个错别字，方才点击发送，大大地伸个懒腰，感觉下半身都已经凝固了，终于结束今天的工作。拿起电话打给阿哲："我忙完了，你干吗呢？实在是不太喜欢一个人吃饭。"

"等我一下。"阿哲显然还在公司，声线还有点偷偷摸摸的。

"嗯。"赛男来劲了，这一定是有什么大事要发生。

听筒里传来走路和关门的声音，阿哲又走到公司的消防通道里去了，那里平时除了少数几个抽烟的同事根本没人会去，火机响起，只听阿哲深深吐了一口烟，压低了嗓门快快地说道："今晚我们去守L，我们这边的线报说他和他的助理有一腿，而他的助理是个男的，如果这次拍到什么猛料，L出柜的消息可是要炸掉的。主编马上就要安排我们出发了，我先不跟你说，晚点等我拍到就传图给你！"

"好！"

平时为了有别于给工作室提供的图片素材，阿哲都是用手机单独拍一点现场图片给赛男用的，尽管效果不及相机清晰，却也算是赛男的独家，除了专业的娱乐八卦工作室，还没有哪个公众号有独家爆料的，光是这一点就很厉害了。挂上电话，心情很好的赛男出门吃饭了，一路上她都在预估这次又能涨多少粉，盘算要怎么大肆渲染L明星出柜的消息。想到胜券在握，干脆奖励自己吃天妇啰，吃完还意兴阑珊，索性去楼下的小酒吧点了一杯鸡尾酒。

这家叫"知春"的酒吧有个特别文艺范儿的老板，一头长发还很会调酒，偶尔拗不过客人的盛情也会抱着吉他唱一两首歌。赛男喜欢这里的环境，灯色暧昧得一片昏暗，谁也不在乎谁是谁，没有前尘往事，不提身家背景，他们都是来买醉的人。在这里，她可以暂时忘却所有烦心事，静静看着来往宾客的喜怒哀乐。有一种冷眼旁观置身红尘世外的感觉，特别酷。

正喝着，阿哲发来消息。

"宝贝儿，我这会儿跟同事去吃个消夜，手机没电了，我一会儿充上电再跟你说啊。"

别看阿哲年纪轻轻，做起事来还是挺有交代的，这让人感觉很踏实。在一起这么久以来，赛男对他也开始慢慢产生好感，而这份好感到底是源自他对自己工作给予的帮助还是因为他这个人，她也没有答案。

一口喝完手中的酒，赛男起身回去准备编辑明天炸遍整个网络的文章内容了，被食物和新鲜空气唤醒的她又有了新的力量，她很喜欢这种状态，有事做，有目标。心里只有工作的人，什么都绊不倒。

为了这一篇重磅推送，赛男铆足了劲，喝一口咖啡，哪里顾得上已经挂到鼻梁上的黑眼圈。既然是一记猛料，当然要下足功夫。按照她以往的写作套路，将L明星先前与男性私交甚密的旧新闻细细罗列了一遍，再在文末留出位置配合阿哲偷拍的照片丢出重磅消息。

写作要考虑的方方面面太多了，赛男当然也想到了。基于大部分人的立场的前提下，更要顾及粉丝的感受，自己爱豆出了柜，除了难以置信之外也会有护主的心理，字里行间当然也不能写出任何带有鄙夷和抨击的字句，作为一个信息的传播者，只要能引人入胜地将事件传播出去，就已经做到了本分。

写了这么久，被粉丝喷过不少回的她已经能很好地把握文章的尺度，话不说死，模棱两可才是最安全的。八卦的传播者负责传播即可，是非对错还是留给有资格定夺的人去说。

终于写完这篇文章,赛男捏着自己酸痛的脖颈,一看时间已是深夜两点。怎么阿哲还没动静?

也许是心有灵犀,刚拿起手机,消息就来了。

照片中是两个男人手拉着手的背影,阿哲还附了一段话:"这次的照片没拍到正脸儿,工作室不会用,你可以先发,管他那么多,炸了再说。我吃夜宵喝了点酒,扛不住,在同事家睡了啊,你也早点睡么哒!"

"好,快睡吧。"赛男哪有睡意,心里正为又一篇炸遍朋友圈的文章即将出炉而窃喜,胜券在握的感觉真好。这次又给自己什么奖励才好呢,爱马仕的新款包包好不好?

随即把照片添加到文章中去,一鼓作气完成稿子,为明早的推送做好所有准备。

一大早闹钟准时响起,也顾不上睡没睡醒,迷迷糊糊打开手机就将准备好的文章推送了出去。实在是困得天旋地转,不等文章发送完毕监视效果,她又昏睡了过去。再睁开眼,已是下午。

熬夜太伤身,无论补多长时间的觉,都不可能让身体感觉舒适,反而更加疲累。头发散乱的赛男昏沉沉地在桌前,像被召唤回魂的亡灵,面无表情地等待电脑重启。

第一时间打开公众号后台检查数据,嗯,很好,早上推送的文章果然炸了,阅读量突破了十万加不说，还吸了差不多两万粉，赛男嘴角微微上扬。再扫一眼留言，除了表示震惊和不可思议的大部分，一小部分L明星的死忠粉也破口大骂说赛男污蔑他们的偶像。既然做独家爆料，早就做好了挨骂的准备，账号活跃度又高了就是最好的结果。

赛男把邮箱设成了平台留言求合作的自动回复，每天查看合作邮件也是必做的事，邮件虽多，但绝不会漏看任何一个，无论合不合作都会很有礼貌地回复，因为根本说不好哪个就是下一个金主。

她的页面在平台和邮件中来回切换，正往下滑动的鼠标突然停在了其中一封邮件之上，看得赛男一身冷汗。她被告了——L明星的经纪公司以损害名誉罪及侵犯肖像权向她提起了诉讼，要求删除今天的推送内容并公开道歉。

像赛男这种混迹在网络上的人，要找到她的真实身份一点也不难，发生过合作关系的广告公司都有她的资料，对于经纪公司来说简直轻而易举。

惊呆了，怎么会这样？

就是为了避免发生这种明星找茬的事情，所有八卦类文章里都是以英文字母为称呼的，反正也没有指名道姓，看的人也能心知肚明，实在是没说破还能引起讨论和猜测，是一种很鸡贼的方法。

但人家既然要跟你找茬，就有他的办法。没有指名道姓不要紧，文中肯定是使用了明星的照片。人家一句未经许可擅自使用你就无力回天了，处罚不重，但对账号的伤害却难以预测。

赛男慌了神，急忙打开手机细细查看微信信息，果然在一堆杂七杂八的信息里有一条微信团队发来的通知：账号被投诉侵权确认。

详情中说道：经用户投诉，你的文章《有一种悲伤，叫作你的爱豆不喜欢女人》涉嫌侵犯名誉／隐私／肖像。好几百字的警示看得赛男浑身冷汗，尤其是这一句：此类侵权行为一经发现，将对违规公众账号予以注销处理。文末通红的四个大字——承认侵权，看得人心惊肉跳。

出了事就要面对，必须把麻烦减到最小。深吸一口气，赛男将烟头掀熄。拿起手机，按照邮件上的联系电话拨了过去。接电话的是L明星的经纪人，圈内人都叫她烟姐，一个烟不离手的中年女人，赛男从未想过自己有一天会以这种方式和她说话。

"你好，我是若男八卦的公众号。"她佯装镇定，尽量保持语气平稳。

"哦，是你啊。那我就直说了吧，你那篇微信文章我们都看了，没有你这样给人头上泼粪的。我跟你说，我们家L昨天一直在影棚录节目，你随便拿张照片就说是他，现在给L招黑了你可得负责！"

"对不起，是我的问题，我这就删帖。"对方强硬，没理由硬碰硬。

"你赶紧删，现在就删！"烟姐也是气急败坏。

"好……删了。"只求息事宁人吧，赛男很快就操作好了。

"嗯，我看看，可以。不过删归删，我们告你是告定了，不可能就这样让这件事这么过去了，你今天最好准备一下公开道歉的内容！"果然是老江湖，两面三刀起来真叫人防不胜防。

"烟姐，咱们商量一下，能不能不告我？我保证以后不会了！"赛男慌了神。

"我知道你们这些自媒体不容易，难道我们家 L 就容易吗？他有多辛苦你知道吗？你们大嘴一张就这么把他给黑了，这次不闹大了以后我们还怎么在这个圈儿里混？！如果你道歉了我们就好好说，不然这事儿就没完！好了我还忙着呢，你赶紧写吧。"烟姐并没有接受这个歉意，很快挂上了电话。

放下手机，赛男整个人都蒙了。倾注了那么多心力做出来的公众号，简直如同自己孩子一样，怎能眼睁睁地看着它要被人掐死？赛男额头上挂满了汗，心慌意乱，怎么会这样？阿哲为什么要害我？

"阿哲！怎么回事？"赛男拨通了他的电话。

"啊？什么怎么回事？"

"昨晚那个照片怎么回事！你说可以发的！"

"你说什么啊？我昨晚喝多了一直没给你发信息啊！"

"你等着，我来你公司。"

赛男打车就直奔工作室，一脸茫然的阿哲在楼下等着，她一把递过手机："你说你没发过消息给我？这是什么？现在我都被告了！"

阿哲接过手机一看，眉头紧锁："这个照片是我同事的，我知道是谁搞鬼了，你先回去处理你的事，我去找他。"阿哲面色阴沉，转身回了公司，赛男见此，也只好回家准备公开道歉的文章。

此时在 L 明星的公关公司运作之下，从早上炸锅他疑似出柜的消息，到现在已经扭转为营销号为了圈钱不择手段的舆论风向，更有人将L明星当晚节目录影的视频放了出来，对比赛男文章中的牵手照片，所有细节不攻自破。更有甚者把她住的高档公寓和微博相册里曾出现过的奢侈品晒过的美食都翻了出来，痛斥无良公众号为了赚钱瞎编乱造。

赛男一脸苦笑，想不到从来都是八别人的人，这次也被人八了一回，随之而来的还有蜂拥至后台的大量污言秽语，之前和甲方谈好的广告合作也被陆续取消。

想不到一时之间，竟成了全民公敌。

太担心会对账号有什么不好的影响，心里一直七上八下。思量再三，赛男还是点击了微信通知里的承认侵权。接下来就开始着手写道歉信，反正道歉要的就是一个态度，没人会在乎她写了多少，言简意赅地承认了内容有误对L明星造成了莫须有的名誉损害，表达歉意就算完了。受日推的限制，赛男在子夜12点发送了道歉内容，谩骂却依旧没有停止。

能做的都做了，一天什么都没吃的赛男像泄了气一样瘫倒在床。那些骂她的话像弹幕一样一条条地在她眼前浮现，焦虑着账号的事，怎么睡得着。

"叮咚"一声，是阿哲发来的信息。

"赛男，是我同事趁我睡着用我手机给你发的那些信息，我也不知道他为什么要这样做，今天去质问他我们打了一架，受了点伤要住几天院，我也离职了。我不在身边的时候你要照顾好自己，有什么要我做的一定要告诉我。我一直都在。"

"你同事是谁,他为什么要这样做?"

"他叫刘畅,他说你知道为什么。"

看到刘畅这两个字,赛男眼前一黑。世界很大,但这个圈子很小,想不到走了这么远的路,刘畅这两个字又出现在眼前。

一夜无话,愤愤不平的赛男一大早直奔工作室找刘畅,却被前台告知刘畅也离职了,并留了一封信件转交给姚小姐。赛男走出办公大楼,在路边的石凳坐了下来,打开信——

你相信报应吗?我信。

背着我不动声色把微博号说拿走就拿走的人,我现在也只好把她的微信号也拿走。哦,我拿不走,不过你的号肯定也废了。L明星那边不把你这个号杀鸡儆猴以后还怎么在娱乐圈混,接下来会发生的事,我劝你不要乐观。就像我当时被你拿走账号之后,用公司的资源做号,号还没了,被炒掉一样。那种被自己最相信的人背叛、一无所有的感觉,你现在应该也能体会到了。最后祝你身体健康。:)

彼时已进入初夏,南方气温蹿升,明明坐在艳阳之下,还是出了一身冷汗。面对这样的真相,赛男毫无思想准备,被杀了一个措手不及。

点击承认侵权之后,账号隔天就被禁言了。随手一刷关于L明星的消息,已然有不少通稿是以"L明星做出表率,为保护明星权益向无良自媒体宣战"

做的标题。更有不少先前被自媒体黑过的明星也站出来附议，一时间网上骂声一片。赛男像被捆绑着巨石浸入深海里一般，面对绝境却无能为力，只能一点点地被窒息，直到死亡。

等死的感觉太可怕，再试试求个情吧，她拨通了烟姐的电话："对不起，您拨打的电话暂时无法接通,请稍后再拨。"每半小时就拨一次，每次都是这样。这样的人物不可能贸然更换手机号码，唯一能解释的就是她把赛男的号码设置成了拒接。

最后一丝希望也破灭了，无止境的禁言。发不了东西，接不了广告，还有不菲的租金要交。打开衣帽间，赛男将那些名牌包包和其他玩意儿一股脑装进大箱子，带去了二手名牌转卖店。买的时候千般好，卖的时候啥也不是。由于急于出手，店主以低到离谱的价格收了这些价值不菲的物件。赛男毫无感觉地接过那些钱，回家继续挺尸，仿佛进入冬眠。

之后的几天，赛男没有离开过床，浑浑噩噩的，也不记得吃了没有，睡了多少，真想就此沉睡不醒啊，把一切糟糕的事情都抛诸脑后，却总在反复查阅平台有无解禁中惊醒。门窗和窗帘都被死死掩着，不见阳光，也忘了时间。已经无心去看网上又骂了她什么，提出申诉也还是等待，永无止境的等待，这真叫人绝望。

禁闭的日子让赛男感觉像活在一个深谷，而她已经跌落谷底，过往所有的不愉快像约好了似的一起翻涌上来。

老韩眼里只有衣服的样子，老姚眼里只有电视的样子，老师一脸鄙夷的样子,同学各种嫌弃的样子……还有烟姐那句"这事儿没完!"不断在脑中萦绕。

物极必反,当一个人丧到一定程度,反而就难过不起来了。经历了漫长的苦痛和挣扎,到了那个阶段,也开始明白这些痛苦完全无济于事,心一横便开始自弃。

短短几天的时间,赛男整个人都变了,当初那个不择手段也要做大账号的她已经没了,取而代之的是一个什么都不在乎、什么都无所谓的闲人。太累了,不想再继续了,账号回不回来都不重要了,还能赚不赚得着钱也不重要了,接下来要做什么也不重要了,想到不用再铆起劲来写稿子心里反而一松,感觉卸下了一个大包袱。赛男像升仙了一样不吃不喝,无欲无求,也不知冷热,几天不睡也毫无困意。

她得了抑郁症。

抑郁症是心理疾病,对人的伤害却丝毫不逊于其他病。抑郁症能导致人心理由内而外地崩塌同时丧失对生活的热情。但因为症状不太明显,难以察觉,许多原本需要及时就医的病人被忽略了病情,最后导致发生无法挽回的结果。

就更别提赛男这个光杆司令了,唯一与她亲近的阿哲还在住院,家里人更是早已断了联系。一旦陷入什么也不想要的地步,她开始疯了一样花钱,给奶奶买最贵的手机,买最贵的电器,买最贵的家纺……想把所有好东西都给奶奶,自己什么都不要了。

她也知道自己的身体需要睡眠,但是实在睡不着啊。问遍了周边几家的药店都买不到安眠药,到底要怎么才能好好睡一觉?

喝酒吧。

那些日子,赛男经常在酒吧里一坐就是一夜,从空无一人的酒吧坐到宾客满堂,再悉数散去。她看着那些来往的男男女女——真好呀,他们还有想要的东西,还愿意讨好别人对人微笑,端起酒杯说好听的话。正望着别人愣神,手机振了,打开一看,微信团队发来通知,长篇大论一番,赛男只看到几个字:账号已注销。她面无表情地把手机放回口袋,心里没有任何情绪。

"给我一杯断片酒。"管它注不注销,再喝一杯吧。

"断片酒?一会儿醉了怎么办?"

"没事儿,我就住楼上。"

酒保小哥将酒递了过来,冰凉的触感真好,端详着杯中的华彩,在酒吧灯光中忽明忽暗。

右首一对男女吵着架,左首一对男男却在拥吻,赛男看着他们笑而不语,她只活在自己的世界,谁都无法打扰。嗡,手机又振了一下,话说得太早,想不到这么快就被打扰了。

竟然是奶奶——老太太终于成功用新手机登上了微信,想必是还不会打字,只是发来一堆照片。赛男一张张往下翻,老太太站在院子的花丛中笑得看不见牙,还有那条圆滚滚的大黑狗,肚子那么大,该不是又怀孕了吧?

再看下去,菜地里的菜叶正抽着新芽,一片碧绿,茂盛极了。是啊,夏天到了，曾经盼了又盼的好光景，而今看来却恍如隔世般陌生。赛男怔怔盯着屏幕，将照片放大看了又看，直到眼眶发酸，奶奶又发来一句话：儿啊，你给我买的东西都收到了。奶想你，回来吧。

想象着几千公里外奶奶拿着手机艰难地一笔一画打出这些字的模样，赛男流下了这么多天来第一颗眼泪。

是啊，回家吧，回家吃大白菜炖土豆啊。

胡乱抹干脸，她头也不回地走了。

后记：在家里休养半年之后，赛男抑郁症痊愈。后与阿哲开设摄影工作室，撰写旅游游记成为知名酒店的签约KOL，安家立业后将爷爷奶奶接到南方一起生活。

陪你作死的人值得好好珍惜，因为他给了你最大的义气奉陪到底，见证了你最不堪的情绪。但你要爱的，却是能治愈你的那个。

图书在版编目(CIP)数据

你好,请问几点打烊/姚瑶著.—北京:人民文学出版社,2017
ISBN 978-7-02-012836-5

Ⅰ.①你… Ⅱ.①姚… Ⅲ.①故事—作品集—中国—当代 Ⅳ.①I247.81

中国版本图书馆CIP数据核字(2017)第105362号

责任编辑　徐子茼
责任印制　苏文强

出版发行　人民文学出版社
社　　址　北京市朝内大街166号
邮政编码　100705
网　　址　http://www.rw-cn.com

印　　刷　三河市华成印务有限公司
经　　销　全国新华书店等

字　　数　141千字
开　　本　880毫米×1230毫米　1/32
印　　张　6.625　插页1
版　　次　2017年8月北京第1版
印　　次　2017年8月第1次印刷

书　　号　978-7-02-012836-5
定　　价　39.00元

如有印装质量问题,请与本社图书销售中心调换。电话:010-65233595